我们小时候

༄། །ང་ཚོ་ཆུང་དུས།(བོད་རྒྱ་ཤན་སྦྱར།)

ལྕགས་མགར།

ཀྲང་ལེས་བརྩམས།

青海人民出版社

དཀར་ཆག

སྔོན་ཚིག

ང་རང་འབྲུ་སྨྱུག་ལ་དགའ།

སྐབས་དེར་ང་ཚོས་འབྲུ་སྨྱུག་གི་རིགས་ནི་ངན་པ་ཞིག་ཡིན་པ་མ་འདོད། དེ་དག་ལས་མང་ཆེ་བ་ཞིག་སྒྲོ་སྣང་ཅན་དང་སྙིང་རྗེ་བ་ཞིག་ཡིན། གལ་ཏེ་འབྲུ་སྨྱུག་དེ་དག་ནར་སོན་ནས་འཇིགས་ཆེ་བའི་འབྲུ་རྒྱན་དུ་གྱུར་ཚེ། ང་ཚོས་རེ་ཞིག་ལ་རྩེད་རྗེས་མི་སྐྲག་པར་འགྱུར། མི་རྒན་ཚོ་རྟག་ཏུ་དེ་དག་ལ་སུན་སྣང་སྐྱེས་གིན་ཡོད་དེ། རིག་མ་ཐག་བདའ་འདེད་བྱེད་པ་དང་། སྐབས་ལ་ལར་ད་དུང་ཞིང་སླན་བདུག་པ་རེད། མི་རྒན་ཚོས་བསམ་པ་ནི་རང་དོན་ཡིན།

ང་ཚོ་ནར་སོན་རྗེས་ཁོ་ཚོ་དང་གཅིག་པ་ཡིན་ནམ་ཞེ་ན། ཡིན་ཡང་སྲིད་དེ། རྒྱུ་མཚན་ནི་ཕྱིས་སུ་ང་ཚོའང་འབྲུ་སྨྱུག་དེ་དག་ལ་མི་དགའ་བར་གྱུར་བས་སོ།། ཡིན་ནའང་ང་ཚོ་དེ་བས་ཆེ་ཆེར་ནར་སོན་ཚེ། སླར་ཡང་དེ་ཚོར་ཅུང་དགའ་བར་གྱུར་མོད། འོན་ཀྱང་ཆུང་དུས་ལྟ་བུའི་སྐྱོ་བ་ཞིག་མེད།

ང་ཚོས་ཆུང་དུས་སུ་མཐོང་བའི་འབྲུ་སྨྱུག་ཆེས་མང་། དེ་ལས་མང་བ་འབྲུ་སྲིན་རིག་པ་བ་ལས་མེད། ད་ལྟ་ངས་དབུགས་ཐེངས་གཅིག་གིས་དེ་དག་ཚང་མ་བཤད་མི་ཐུབ། རྒྱུ་མཚན་ནི་ཤིན་ཏུ་མང་ཞིང་རྙོག་དྲ་ཆེ་བས་སོ།། གལ་ཏེ་དེ་དག་གི་བཅུ་ཕྲག་ཆའི་གཅིག་ཙམ་བཤད་ནའང་འབྲི་དེབ་གང་འབྲི་དགོས།

མཚོ་འགྲམ་དང་རི་ཐང་དུ་འགྲོ་དུས། དེ་དག་ལས་བྱོལ་ཐབས་མེད་པ་ཞིག་ཡིན། ཁོ་ཚོ་ནི་སྔོན་ཐུང་དང་རྩྭ་ལོའི་གསེབ་ཏུ་བྲེལ་ཞིང་ཚང་བཅའ་བ་དང་། གཟན་འཐུ་བ། གར་དུ་རྟེན་པས། འཚོ་བ་ཤིན་ཏུ་སྐྱིད་པོ་ཡིན། ལ་ལས་སླུ་ལེན་ཤེས་ཏེ་དཔེར་ན་འདབ་ཀོ་ཀོ་དང་འདབ་འཛིང་འཛིང་ལྟ་བུ་དང་། ལ་ལ་ཞིག་གི་མཛེས་སྡུག་གིས་མི་ལ་འཚར་སྣང་ཞིག་སྐྱེར་ཏེ། དཔེར་ན་ཕྱེ་མ་ལེབ་ལྟ་བུ། ད་དུང་ཉེན་ཁ་ཤིན་ཏུ་ཆེ་བའི་འདབ་ཡང་ཡོད་དེ། དུག་སྦྲང་དང་སྦོམ་གྱི་རིགས་ཡིན་ལ། མི་ཚང་མས་དེ་ལ་བྱོལ་ནས་འགྲོ་བ་རེད། ཡིན་ཡང་དེ་དག་གིས་ཀྱང་མི་རྣམས་ལ་སྤྲོ་བ་བསྐྱེད་ནས། ཚང་མས་ཉེན་ཁ་མྱོང་བརྒྱུད་བྱས་རྗེས་གཅིག་གཅིག་གཉིས་གཉིས་ཀྱིས་ཞིབ་བརྗོད་བྱེད་པ་རེད།

ལྟག་རྒྱབ་ཏུ་གསེར་འོད་འཁྱུག་པ་དང་། སྐྱེས་གཟུགས་ཤིན་ཏུ་ཡག་པའི་འདབ་སྲ་སྐོགས་ཤིག་ཡོད་པ་ཏ་ལམ་དཔེ་དེབ་ལས་བཤད་པའི“བསེ་སྲུར་ལྗང་ནག”ཅེས་པ་དེ་ཡིན་ཤས་ཆེ། དེས་རེ་ཞིག་ལ་ང་ཚོའི་ཡིད་དབང་བཀུག་སོང་། ལྟག་རྒྱབ་ཏུ་འོད་འཚེར་བའི་སྲིན་འདབ་ཡི་རིགས་ཤིན་ཏུ་མང་ལ། ཆེ་ཆུང་གཉིས་ཀ་རྣམ་པ་སྣ་ཚོགས་ཡོད་དེ། གསེར་མདོག་ཅན་དང་ལྗང་ཁུ་ཅན། དམར་པོ་ཅན། ད་དུང་ནག་པོ་ཅན་དང་སྔོན་པོ་ཅན་ཡང་ཡོད་པས། བགྲང་གིས་མི་ལང་། འོན་ཀྱང་འདིར་བཤད་པ་ནི་ཆེས་མཆོག་ཏུ་གྱུར་པ་ཞིག་ཡིན། རྒྱུ་མཚན་ནི་ཆེས་དཀོན་ཞིང་ཤིན་ཏུ་རྩ་ཆེ་བ་སྟེ། ས་ཆ་གཞན་དུ་མེད་པོ་ཐག་ཡིན།

དུས་ཚོད་མང་ཆེ་ཤོས་ཤིག་ལ་ཁོ་ཚོ་ལས་འོད་ནག་སྐྱ་ཞིག་འཚེར། གལ་ཏེ་ཉི་འོད་ཟུར་ཚད་ངེས་ཅན་ཞིག་ནས་འཕྲོས་ན་མདོག་མང་པོ་ཞིག

ཏུ་འགྱུར་ཏེ། འཇའ་ཚོན་ལྷ་བུ་ཡིན། ཁོ་ཚོ་ནི་སྤྱིར་བཏང་དུ་སྨན་རྫོག་ལས་རྩུང་ཆེ་ཞིང་བ་དན་ལས་རྩུང་ཆུང་བས། ང་ཚོས་དེར"རྫོ་འབུ"ཟེར་ཏེ། བལྟས་མ་ཐག་ཏུ་རྫོ་ལྷུགས་ཀྱི་མདོག་ལྷ་བུ་ཞིག་ཡིན་པ་མ་ཟད། ཆ་ཡོངས་རྫོ་ལྷུགས་ཀྱིས་གྲུབ་པ་ཞིག་དང་འདྲ།

"རྫོ་འབུ"ནི་ང་ཚོས་ཤ་མོག་འཐུ་སྐབས་རྙེད་པ་ཡིན། དུས་དེར་ཁོ་ཚོ་རྩ་ཡི་སྟོང་ཙང་གི་ཐོག་ཏུ་སླན་ནས་འགུལ་མེད་དུ་འདུག མིས་ལག་པས་རེག་ཙམ་བྱས་ན་ད་གཟོད་ཏའོ་སྨི་འགར་ཞུར་བ་ཡིན། དེ་དག་གིས་ཉེ་འོད་ཀྱི་འོག་ཏུ་འཚེར་འོད་སྣ་ལྔ་འབྱིན་པས། འབར་ལ་ཉེ་བ་ཞིག་དང་འདྲ་བར་གྱུར་ནས། ང་ཚོར་མཚར་སྣང་རྒྱུག་ཏུ་འཇུག

འཇིག་རྟེན་འདིར་ཆེས་ལེགས་པའི་དངོས་པོ་ཞིག་ཡིན་ན་ཤིན་ཏུ་དཀོན། ང་ཚོས་ནགས་གསེང་དང་རྩྭ་ཐང་ནས་ཡུན་རིང་ཞིག་ལ་ཆེད་དུ་བཙལ་རུང་། "རྫོ་འབུ"རེ་གཉིས་ཤིག་མ་གཏོགས་རྙེད་མི་ཐུབ། དེས་ལྷག་ཏུ་ང་ཚོའི"རྫོ་འབུ"ཛ་ཆེན་ཡིན་པའི་ཚོར་བ་ཇེ་བརྟན་དུ་བཏང་། "རྫོ་འབུ"ཞིག་ཟིན་ཚེ་ང་ཚོས་སེམས་ཆུང་གིས་ཤེལ་དམ་ཆུང་ངུ་ཞིག་གི་ནང་དུ་བཅུག་ཅིང་། དུས་ཚོད་ངེས་མེད་དུ་ཉེ་མར་གཏད་དེ་བལྟས་ནས། ཕྱུར་སེང་ངེར་སྣང་བརྒྱབ་རྗེས་ཁུག་མའི་ནང་དུ་བཅུག་པ་ཡིན།

ང་ཚོའི་ཁྲོད་དུ"ཨེ་ཏན་ཐོས"ཟེར་བའི་སློབ་གྲོགས་ཤིག་ཡོད་པ་དེ"རྫོ་འབུ"འཛིན་པར་ཤིན་ཏུ་མཁས་ཏེ། སྔར་ཆེས་མང་དུས་བཅུ་གཅིག་བཟུང་། ཁོས"རྫོ་འབུ"གཉིས་ཀྱིས་སློབ་གྲོགས་ཚོའི་ཞ་སྨྱུག་གཞོགས་སྒྱུད་གཅིག་དང་དྲི་བསུང་འཕྲུལ་བའི་འགྲིག་སུབ་གཅིག་ལ་བརྗེ་སྒྱུང་། འདང་ཞིག་རྒྱབ་དང་། དངོས་གནས་ཁེ་བཟང་བའི་ཚོང་ཞིག་རེད།

“ཨེ་ཏན་ཐོས”ཀྱི་གཟུགས་པོ་ཆེས་རིང་ཞིང་སྤོབས་པའང་ཆེ། ཏ་ལམ་སྒྲུབ་མི་ཐོད་པའི་དོན་ཞིག་མེད། མཚོ་འགྲམ་གྱི་ནགས་གསེང་དུ་དངོས་པོ་ཁྱད་མཚར་ཅན་ཤིན་ཏུ་མང་མོད། འོན་ཀྱང་ཁོ་ཅི་ལ་ཡང་མི་སྐྲག ཁྱིམ་མི་ཚོས་རྒྱུན་དུ་རང་གི་བྱིས་པ་ཚོར“‘ཨེ་ཏན་ཐོས’དང་མཉམ་དུ་མ་བརྩེ”ཞེས་ནན་བཤད་བྱེད། ཐོས་པ་ཙམ་གྱིས་འཇིགས་སུ་རུང་བའི་དོན་ངན་ལ་ལ་ཞིག་ཧག་ཏུ་ཁོའི་མིང་ངན་པ་དང་འབྲེལ་ནས་ཡོད་མོད། དོན་དངོས་སུ་མང་ཆེ་ཤོས་ཤིག་གོ་ཐོས་ཙམ་ཡིན། སུ་ཡིན་རུང་ཁོ་དང་འགྲོགས་ཡུན་རིང་ན་ཚང་མ“རྗོ་འབུ”ལ་དགའ་ངེས་ཡིན།

ཐེངས་ཤིག་ལ་ང་ཚོ་རྒྱ་མཚོའི་ཁ་ནས་ཆུ་རྐྱལ་གཏག་དུས། མི་ཞིག་ལ་རྒྱ་མཚོའི་ནང་གི་དུག་ཉ་ཡིས་རྨུགས་ནས། དུ་རིང་དུ་སྐོར་བྱེད་པ་རེད། གནད་འགག་གི་སྐབས་དེར“ཧེ་ཏན་ཐོས”ཀྱིས་མི་དེ་ཁུར་ནས་རྒྱུགས་སོང་། སྨྲིད་ཚལ་ཁང་གི་སྨན་བཅོས་སུའོ་ཡི་སྨན་པས་བཤད་རྒྱུར། ད་ཅུང་ཙམ་འཁྱིས་ན་སྲོག་ལ་ཉེན་ཁ་ཡོད་ཟེར། ཁོའི་རྐང་ལག་གཉིས་ནག་ཅིང་སྦྲོམ་ལ་སྐྱི་མོ་མཐུག རྒྱུགས་ནས་འགྲོ་སྐབས་ཚེར་མས་འཛེར་ཡང་ན་ཟུག་མེད། ཁོ་ཤེད་ཆེ་ལ་ལ་རྒྱུ་ཡོད་པ་ཞིག་སྟེ། སྨྲིད་ཚལ་ཁང་གི་ཀུ་ཤུ་བཀྲུ་བ་དང་སློབ་གྲོགས་ཆུང་ཆུང་ལ་བརྐྱས་བཅོས་བྱེད་པ་ལྟ་བུའི་ཐེངས་རེ་གཉིས་ཙམ་ལས། ལོ་ཧྲིལ་པོར་བྱ་བ་ངན་པ་མང་པོ་མི་ལས།

ཁོས་སྲིན་འབུ་ཡ་མཚར་ཅན་ཁ་ཤས་འཛིན་ཐོད་དེ། ཐ་ན་མིང་གྲག་ཆེ་བའི་དུག་སྦྲོམ་ལའང་རེག་ཐོད། “ལའོ་ཀུག་པེ”ཟེར་བའི་ནག་སེར་ཁྲ་རིས་ཀྱི་དུག་སྦྲང་ཆེན་པོ་ཞིག་ཡོད་དེ། ངག་རྒྱུན་ལ་དུག་གཤིས་ཆེས་ཆེ་བ་ཡོད་ཟེར། དེ་འདྲ་ཡིན་རུང་ཁོས་ལག་པ་བསྒྲིང་ནས་བཟུང་བ་རེད། ད་

འཇིག་རྟེན་འདིར་ཆེས་ལེགས་པའི་དངོས་པོ་ཞིག་ཡིན་ན་ཤིན་ཏུ་དཀོན། ང་ཚོས་ནགས་གསེང་དང་རྩྭ་ཐང་ནས་ཡུན་རིང་ཞིག་ལ་ཆེད་དུ་བཙལ་ཀྱང་། “རྡོ་འབུ”རེ་གཉིས་ཤིག་མ་གཏོགས་རྙེད་མི་ཐུབ། དེས་ལྷག་ཏུ་ང་ཚོའི“རྡོ་འབུ”རྩ་ཆེན་ཡིན་པའི་ཚོར་བ་ཇེ་བརྟན་དུ་བཏང་། ང་ཚོས“རྡོ་འབུ”ཞིག་ཟིན་ཚེ་སེམས་ཆུང་གིས་ཤེལ་དམ་ཆུང་ངུ་ཞིག་གི་ནང་དུ་བཅུག་ཅིང་། དུས་ཚོད་ངེས་མེད་དུ་ཉི་མར་གཏད་དེ་བལྟས་ནས། ཞུར་སེང་ངེར་སྐད་བརྒྱབ་རྗེས་ཁུག་མའི་ནང་དུ་བཅུག་པ་ཡིན།

དུང་ཐེངས་ཤིག་ལ་ཁོས་སྦྲུར་པ་ཆེན་པོ་ཞིག་བཟུང་བ་སྟེ། རིང་ཚད་ལ་སྤྱི་ཕྱིན་བཅོ་ལྔ་ཡོད་ཅིང་རྫིག་ཉམས་འགྲན་ཟླ་བྲལ། རྣ་ཅོ་རིང་སྟེ་གར་སྟེགས་སྟེང་གི་འཁྲབ་སྟོན་པའི་ཞྭ་མོའི་རྩེ་ཡི་བྱ་སྒྲོ་རིང་མོ་གཉིས་དང་ཆ་འདྲ་ལ། ཐོད་པར་མཚོས་རིས་ལྷ་བུའི་རྣ་གྲི་ཞིག་སྐྱེས་འདུག གཤོག་པ་སྲ་ནག་གི་ཐོག་ཏུ་སྟག་རིས་ཀྱིས་ཁེབས་ཡོད། "ཧེ་ཏན་ཐོས"ཀྱིས་སྒྲོ་འདོགས་ཀྱི་ཚུལ་དུ་དེའི་སྐེ་རུ་སི་སྐུད་ཅིག་བཏགས་ནས། ཁྱི་ཕྲུག་ཁྲིད་པ་ནང་བཞིན་ཁྲིད་ནས་སྲང་ལམ་དུ་སོང་བས། མི་རྣམས་ཀྱིས་ཧབ་བལྟ་བྱས།

སྔོ་བའི་ནང་གི་མི་རྣམས་ཀྱིས་ང་ཚོར་སྦྲུར་པ་ཆེན་པོ་རིགས་དེའི་མིང་ལ"ཆུ་སྨུག་པ་གླང་"ཟེར་ཞེས་བཤད། དེ་ནི་མཐོང་དཀོན་པའི་སྨུག་ནག་འཐིབས་སྐབས་ད་གཟོད་མུན་ནག་ཁུག་ཀྱོག་ནས་ཐོག་ཡོང་ཞིང་། མོ་མོ་ཞེས་པའི་སྐད་འབྱིན་པས། བ་གླང་གི་སྐད་དང་འདྲ། "ནམ་གུང་ལ་ངས་ངུར་སྐད་ཐོས་ཏེ་མགྱོགས་མྱུར་དུ་སྒོར་བུད་པ་ན་ད་གཟོད་འཛིན་ཐུབ་བྱུང་། སྐབས་དེར་དེས་ང་ལ་འཕྲུས་བརྒྱབ་ནས་ཐང་ལ་འགྱེལ། ངས་དེའི་མཇུག་མ་ནས་བཟུང་བ་ན་ད་གཟོད་ལངས་ཐུབ་པ་བྱུང་ཞིང་། དེ་ནས་འོན་ཏེ་སོང……"ཟེར། ང་ཚོ་ཚང་མས་རྫུན་གཏམ་ཡིན་པ་ཤེས་སོད། འོན་ཀྱང་སུ་ཞིག་གིས་ཀྱང་དགག་ལན་མ་བཏབ། རྒྱུ་མཚན་ནི་སྒྲོ་འདོགས་ཀྱི་བཤད་སྟངས་འདིར་ཉན་ན་ངར་ལངས་པ་ཞིག་ཡིན་པས་སོ།།

"ཧེ་ཏན་ཐོས"ཀྱིས་དངོས་པོ་ཅི་ཞིག་ཡིན་རུང་ཚང་མར་ཁ་ཡ་བྱེད་ཐུབ། དཔེར་ན་འབུ་ཆག་པ་འཛིན་པ་ལྟ་བུ། དེ་ནི་ཐོས་མ་ཐག་རྒྱུན་ལྡན་གྱི་དོན་ཞིག་ཡིན་མོད། འོན་ཀྱང་དོན་དམ་པར་དེ་འདྲའི་ལས་སླ་མོ་ཞིག་ག་ལ་ཡིན། རྒྱུ་མཚན་ནི་འདིར་བཤད་པའི་འཛིན་པ་ནི་སྤྱིར་བཏང་གི་འབུ

ཆ་ག་བ་འཛིན་པ་མ་ཡིན་ཏེ། དེའི་ནང་གི་ཆེས་རྩ་ཆེ་བ་འཛིན་རྒྱུ་དེ་ཡིན། ཆེས་རྩ་ཆེ་བ་ནི“ཏ་ཕང་ལན”ཟེར་བ་དེ་ཡིན། དེའི་གཟུགས་པོ་ལ་འབུ་ཆ་ག་བ་དཀྲུས་མའི་ལྷུབ་གསུམ་བཞི་ཙམ་ཡོད་ཅིང་། སྟོབས་ཆེ་ཞིང་ཤེད་འཛོམས་ལ། རྐང་པ་གཉིས་སུ་ཤིན་ཏུ་རྣོ་བའི་ཚེར་མ་སྐྱེས་འདུག དེའི་མཚོང་ཐེངས་གཅིག་ལ་སྨི་བཅུ་ཟིན་པ་དང་འཕུར་ཐེངས་གཅིག་ལ་སྨི་ཉི་ཤུ་ཟིན་པས། དེ་འཛིན་རྒྱུ་ནི་སླ་མོ་ཞིག་མིན། ངག་རྒྱུན་ལ་སྡེ་བའི་ནང་དུ་མི་གཤིས་རྒྱོང་ཞིག་ཡོད་པ་དེས“ཏ་ཕང་ལན”གཅིག་འཛིན་རྒྱུའི་མནའ་བོར་བ་དང་། མཇུག་མཐར་སྡེ་བའི་ནུབ་ཕྱོགས་ནས་འཛིན་མགོ་བརྩམས་ཏེ་ལེ་དབར་བཅུ་ལྷག་གི་གཙང་པོའི་ནུབ་འགྲམ་དུ་བདས་ཏེ། དབུགས་འཚང་ནས་ཆུ་འགྲམ་དུ་འཆི་ལ་ཉེད། འབུ་ཆ་ག་པ་རིགས་འདི་ལེ་དབར་སྟོང་ཕྲག་འགའི་ཀོན་ཏུང་རི་བོ་ནས་སྤྱིས་ཡོང་བ་ཡིན་ལ། བཤད་རྒྱུན་ལ་བྲང་ཁར“རྒྱལ་པོ”ཞེས་པའི་ཡི་གེ་བབས་ཡོད་ཟེར།

ང་ཚོ་ཚང་མར“ཏ་ཕང་ལན”གཅིག་ཡོད་ན་ཅི་མ་རུང་འདོད་པས། དཀའ་ཚེགས་ཅི་འདྲ་ཞིག་མྱངས་ཡོད་པ་སུ་ཡིས་ཤེས་ཏེ། ལམ་བར་དུ་པོར་བ་མིན་ན་འཛིན་པའི་སྐབས་སུ། དེའི་ཚེར་རྐང་གཉིས་ཀྱིས་གཙགས་ནས་ལག་ཟུང་ལས་ཁྲག་བཞུར་དུ་འཛུག་པས། སུས་ཀྱང་འཛིན་མ་ཐུབ། གང་ལྟར་མཇུག་མཐར་ང་ལ“ཏ་ཕང་ལན”གཅིག་ཐོབ་པ་ཡིན། ཁོས་ང་ཚོ་མཐོང་འཕྲུལ་ལག་མཐིལ་དུ་གཡལ་རྐྱལ་ལ་ཉལ་དུ་བཅུག་པ་དང་། གསུས་པ་བསྟན་ནས་ཚང་མ་ལ་ཞིབ་བལྟ་བྱེད་དུ་བཅུག ང་ཚོ་ཚང་མས་དེའི་གསུས་པའི་ཁྲ་རིས་རྙོག་འཛིང་ལས“རྒྱལ་པོ”ཞེས་པའི་ཡིག་འབྲུ་དེ་འཚོལ་བསམ་པ་ཡིན་མོད། འོན་ཀྱང་ཇི་ལྟར་བཙལ་ཡང་མ་རྙེད།

འདི་གར་འཛིག་རྟེན་ན་ཆེས་ཆེ་བའི་བྱེ་མ་ལེབ་ཡོད། དབྱིད་ཀ་སླེབ་པ་ན་དུས་ངེས་མེད་དུ་མདོག་ལྗང་སྐྱ་ཡིན་ལ་ཆེ་ཆུང་དཀར་ཡོལ་གྱི་ཁ་དང་འདྲ་བའི་བྱེ་མ་ལེབ་གཅིག་རེ་གཉིས་རེ་འཕུར་ཡོང་སྲིད། ཚང་མས་དེ་མཐོང་ཚེ་ཅི་ལ་ཡང་མི་འཛེམ་པར་ཞུར་བརྒྱབ་ནས་བདའ་བ་ཡིན། དེས་དལ་བྲེལ་མེད་པར་འཕུར་ལྡིང་བྱེད་ཅིང་། རིམ་གྱིས་འཕུར་ཏེ་སྡོང་པོའི་ཡལ་གའི་མཐོ་ཚད་ཅིག་ཏུ་སླེབ་ནས། མི་རྣམས་ལ་ཅི་བྱ་རྟོལ་མེད་བཟོས།

འདི་གར་འཛིག་རྟེན་ན་ཆེས་ཆེ་བའི་ཕྱེ་མ་ལེབ་ཡོད། དཔྱིད་ཀ་སླེབ་པ་ན་དུས་ངེས་མེད་དུ་མདོག་ལྗང་སྐྱ་ཡིན་ལ་ཆེ་ཆུང་དཀར་ཡོལ་གྱི་ཁ་དང་འདྲ་བའི་ཕྱེ་མ་ལེབ་གཅིག་རེ་གཉིས་རེ་འཕུར་ཡོང་སྲིད། ཚང་མས་དེ་མཐོང་ཚེ་ཅི་ལ་ཡང་མི་འཛོམ་པར་ཕུར་བརྒྱབ་ནས་བདའ་བ་ཡིན། དེས་དལ་བྲེལ་མེད་པར་འཕུར་ལྡིང་བྱེད་ཅིང་། རིམ་གྱིས་འཕུར་ཏེ་སྡོང་པོའི་ཡལ་གའི་མཐོ་ཚད་ཅིག་ཏུ་སླེབ་ནས། མི་རྣམས་ལ་ཅི་བྱ་རྟོལ་མེད་དུ་བཟོས།

“ཧེ་ཧན་ཐོས”ཀྱིས་ཡུ་རིང་གཟེབ་ཁུག་ཅིག་བཟོས་པས། སྐབས་ལེགས་པར་ཁེར་མ་ཞིག་འཛིན་ཐུབ་སོང་། དེ་འདྲའི་ཆེ་བ་ལ། གློ་བུར་དུ་མིག་མདུན་དུ་བཅར་ཞིང་ང་ཚོར་དབང་བར་གྱུར། ང་ཚོས་དེ་ཅི་ཞིག་གིས་གསོ་དགོས་པ་མི་ཤེས་ལ། ཕྱེ་མ་ལེབ་ཀྱིས་ཅི་ཞིག་ཟ་བ་དང་ཅི་ཞིག་འཐུང་བའང་མི་ཤེས་པས། ཉིན་རེ་གཉིས་ལ་གསོས་རྗེས་ཕྱིར་མི་སྐྱུར་ཐབས་མེད་བྱུང་།

ཕྱེ་མ་ལེབ་ཕྱེ་རྐན་དེ་ཀུ་ཤུ་སིལ་ར་ཏུ་འཕུར་རྒྱུར་དགའ། དེའི་ཕྱིར་ང་ཚོས་དེ་ལ“ཀུ་ཤུ་ཕྱེ་ལེབ”ཟེར།

ད་དུང་ཕྱེ་མ་ལེབ་རིགས་ཤིག་ཡོད་དེ། “ཀུ་ཤུ་ཕྱེ་ལེབ”ལས་ཅུང་ཆུང་ལ་མདོག་ནག་པོའི་སྟག་རིས་ཡོད་པ་ཞིག་ཡིན། ང་ཚོས་ཁེར་མ་ཞིག་བཟུང་ནས་ཞིབ་ལྟ་བྱས་ཆོ་ཧ་ལས་སོང་། དེའི་སྟག་རིས་ནི་ཕ་མོའི་གདོང་གི་སྟག་རིས་དང་ཁྱད་པར་ཅི་ཡང་མེད་པར་ཨ་ན་མ་ན་རེད། ང་ཚོས་དེ་ལ“ཕ་ངོ་ཕྱེ་ལེབ”ཟེར།

“ཀུ་ཤུ་ཕྱེ་ལེབ”དང“ཕ་ངོ་ཕྱེ་ལེབ”ནི་རྒྱ་མཚོའི་འགྲམ་ངོགས་ཡོངས་

སུ་ཆེས་མཛེས་ཤིང་ཆེས་ཆེ་བའི་བྱེ་མ་ལེབ་རིགས་གཉིས་ཡིན། སུས་མཐོང་ཚེ་ཚང་མ་དགའ་ནས་གནམ་ལྡིང་ས་ལྡིང་བྱེད།

འདི་འདྲའི་མཛེས་ཤིང་ཡིད་དབང་འགུག་པའི་བྱེ་མ་ལེབ་ཅིག་གང་ནས་འཕུར་ཡོང་བ་ཡིན་ནམ། ཡོང་ཁུངས་བཤད་ན་ཚང་མ་ཡིད་མི་ཆེས་ཏེ། དེ་དག་ནི་དུས་ཡུན་ངེས་ཅན་ཞིག་ལ་བྱེ་མའི་ནང་དུ་ཡིབ་ནས་བསྡད་ཡོད། མ་གཞིར་ཉལ་འབུ་ཞིག་ཡིན་ལ་མདོག་དམར་སྨུག་དང་། སྙིན་རྟགས་ཤིག་མངོན་འདུག བལྟས་མ་ཐག་སིལ་ཙོལ་རིལ་ཞིག་དང་འདྲ་སོང་། ཡིན་ནའང་དེ་མ་ཐག་འགྱུར་བ་བྱུང་ནས་མཐོན་པོའི་མཁའ་དབྱིངས་སུ་འཕུར་འགྲོ་བ་ཡིན། དེ་ནི་ཅི་འདྲའི་ཡ་མཚར་ཞིང་ཧ་ལས་དགོས་པ་ཞིག་རེད་ཨང་།

རྦ་འབུ་ཀ་ལ་ནི་སྲུང་དམག་ཅིག་ཡིན། རལ་གྲི་གཉིས་སྐྱེས་ཡོད་པ་དང་བལྟས་མ་ཐག་དུས་དང་རྣམ་པ་ཀུན་ཏུ་དགྲ་དམག་འཛིན་གྲབས་བྱེད་པ་ཞིག་དང་མཚུངས། ཡིན་ནའང་ཁོ་ཚོས་དམར་འཛིང་བྱེད་པ་ང་ཚོས་གཏན་ནས་མཐོང་མ་མྱོང་། རྦ་འབུ་ཀ་ལ་ལ་ཆེ་ཆུང་གཉིས་ཀ་ཡོད་ཅིང་། ཁ་དོག་ཀྱང་མི་འདྲ་སྟེ། ལ་ལ་གཡུ་མདོག་དང་ལ་ལ་རྒྱ་སྨུག་ཡིན། ལ་ལ་སྐྱ་བོ་དང་ལ་ལ་སྨུག་ནག་ཡིན། ཆེས་ཆེ་བའི་རྦ་འབུ་ཀུ་ལ་ལ་ལྗང་མདོག་གི་སྟོ་ལྡིར་དང་སྨུག་པོའི་གཤོག་ཟུང་ཡོད། ཁྱིམ་མི་ཚོས་ང་ལ“རྦ་འབུ་ཀུ་ལ་སྨུག་ཆེན་གཅིག་བཟུང་ཤོག་དང་། དེ་ཉལ་གྲུར་ནང་དུ་བཏང་ཚེ་ཞག་གང་བོར་ཁྱོད་ཀྱི་ཚབ་ཏུ་དུག་སྦྲང་འཛིན་པ་ཡིན”ཞེས་ཟེར། ང་ཚོས་དངོས་སུ་ཁེར་མ་ཞིག་བཟུང་ནས་ཉལ་གྲུར་ནང་དུ་བཏང་སོང་། འོན་ཀྱང་དེས་དུག་སྦྲང་བཟུང་ཡོད་མེད་སུས་ཀྱང་མ་མཐོང་།

བྱེ་ཐང་དུ་ལྷུག་ཚགས་ལྷ་བུའི་བྱེ་གོང་མང་པོ་ཡོད། ང་རྐང་འཇབ་ལག་འཇབ་བྱས་ནས་རྩེབ་ཏུ་སོང་སྟེ། ཅོག་པུར་བསྡད་ཅིང་མཇུབ་ཚུང་གིས་དལ་གྱིས་བྱེ་མ་བྲུས། བྲུས་བྲུས་མཐར་སྐམ་པ་ལྷ་བུའི་རྣ་ཅོ་སྐྱེས་ཡོད་པའི་ཤ་འབུ་དཀར་པོ་ཞིག་ས་ཁར་བུད། དེས་ས་ཁར་བུད་མ་ཐག་དྲག་ཚས་ཕྱུང་བ་ཡིན་མོད། འོན་ཀྱང་སུ་ལའང་གནོད་མི་ཐུབ། དེ་ནི་ལྷ་གེ་ལྡིག་གེ་ཞིག་ཡིན་པས་སྙིང་རྗེ་པོ་འདུག

ང་ཚོས་དཔེ་ཆའི་ནང་དུ་བཙལ་མཐར། ད་གཟོད་དེའི་མིང་ལ“གྲོག་སེང”ཟེར་བ་སྟེ། གྲོག་མའི་གཉེན་པོ་སེང་གེ་ཞེས་པའི་དོན་ཡིན་ལ། ལུས་པོ་ཆུ་སྲན་ལས་ཀྱང་ཆུང་བའི“སེང་གེ”ཡིན་པ་ཤེས། མ་གཞིར་དེས་བྱེ་གོང་རེ་རེ་བྲུས་ནས་གྲོག་མ་དེའི་ནང་དུ་ལྷུང་རྗེས། སྐམ་པ་ལྷ་བུའི་རྣ་ཅོ་ཡིས་བཅིར་ནས་བཟའ་བ་ཡིན།

དེའི་སྐོར་གྱི་དེ་བས་ཀྱང་ཧ་ལས་དགོས་པའི་དོན་དག་རྗེས་ནས་བྱུང་ལ། བཤད་ཚེ་སུ་ཡང་ཡིད་མི་ཆེས་ཏེ། “གྲོག་སེང”བྱེ་གོང་དུ་ཡིབ་ནས་གྲོག་མ་ཟས་ཏེ་ཆོན་པོ་ཤ་རྒྱགས་ཅན་དུ་གྱུར་ཞིང་། ནར་སོན་པའི་ཉིན་དེར་དཔྱིད་ཀྱི་དུས་དང་བསྟུན་ནས་འཕག་སྒྲུགས་བྱས་པ་ན། ལྗང་མདོག་གི་འབུ་སླ་མ་མ་ཏི་ཞིག་ཏུ་གྱུར་ནས་འཕུར་འགྲོ་བ་རེད།

འདི་ནི་ངོ་མ་ཡ་མཚན་ཞིག་རེད། མ་གཞིར་བྱེ་གོང་དུ་སྐྱུང་བ་ནི་འབྱུང་འགྱུར་གྱི་ཉིན་ཞིག་ལ་ནམ་མཁར་འཕུར་ཐུབ་པའི་ཆེད་དུ་ཡིན། འདི་ནི་སློ་རྒྱ་མཐའ་ཡས་པའི་འབུ་སྲུག་ཅིག་རེད་ཨང་། དེར་བཟོད་ནུས་ཧ་ལས་པ་ཞིག་ཡོད་མོད། འོན་ཀྱང་གྲོག་མ་ལ་མཆོན་ནས་བཤད་ན། དེ་ནི་གཡོ་སྒྱུ་ཅན་ཞིག་རེད།

དམའ་འབྲིང་ལོ་རིམ་གཉིས་པའི་སྐབས་སུ། ང་ཚོའི་འཛིན་གྲྭར་སློབ་གྲྭ་གཞན་ནས་སྤར་ཡོང་བའི་སློབ་མ་ཞིག་ཐོན། དེ་ནི་བུ་མོ་ཞིག་ཡིན་ཏེ་མིང་ལ་ཞོ་ཚུང་ཟེར། ཁོ་མོའི་སྐྱེས་གཟུགས་ཤིན་ཏུ་མཛེས་པས་སློབ་གྲོགས་ཕོ་མང་ཆེ་ཤོས་ཀྱིས་མོར་སྐད་ཆ་བཤད་མི་ཐོད། ཉིན་ཞིག་ལ་སློབ་གསེང་གི་སྐབས་སུ། “ཏེ་ཏན་ཐོས”ཀྱིས་མོར་མིག་ཟུར་ཞིག་བལྟས་ནས། རིམ་གྱིས་གམ་དུ་བཅར་ཞིང་། “རྙེ་འབུ”བཙུག་ཡོད་པའི་ཤེལ་དམ་སླངས་ཏེ་ཉི་མར་འཁོར་ནས་བལྟ་ཙམ་བྱས་རྗེས། སྐད་ཆེན་པོས།

“ང་རང་འབུ་ཕྲུག(ཞོ་ཚུང)ལ་དགའ”ཞེས་ཀི་བཏབ་པ་རེད།

ཐོག་མ་ནས་སྦྱོང་བརྡར་བྱེད་པ།

དེ་དུས་ཆེས་སེམས་འགུལ་ཐེབས་པའི་དོན་དག་ནི་གློག་བརྙན་ལ་བལྟ་རྒྱུ་དེ་ཡིན། གློག་བརྙན་སྟོན་མཁན་གྱིས་གློག་བརྙན་སྟོན་ཆས་ཆ་ཚང་ཞིག་ཁུར་ནས། ཁྱིའི་ཐང་ཆེན་དུ་རས་ཡོལ་དཀར་པོ་བཀལ་བ་དང་གློག་བརྙན་སྟོན་ཆས་བཙུགས་པས། དོན་བཟང་གི་མགོ་བརྩམས་པ་རེད།

དེ་ནི་དོན་ངོ་མས་བཤད་ན་དུས་ཆེན་ཞིག་དང་འདྲ། "གློག་བརྙན་སྟོན་མཁན་ཐོན་ཐལ"ཞེས་པའི་སྐད་སྒྲས་མི་རྣམས་ལ་ངར་སློང་ཐུབ་པ་དང་། ང་ཚོས་སྐད་སྒྲ་དེ་འདྲ་ཞིག་ཐོས་མ་ཐག་སློབ་གྲྭར་འགྲོ་འདོད་མེད་ལ། དོན་དག་གཞན་པ་ཅི་ཡང་སྒྲུབ་མི་འདོད་པར། མིག་ཅེར་ནས་ར་བའི་ནང་དུ་ལྟ་བ་དང་། དེ་གར་རས་ཡོལ་དཀར་པོ་འགེལ་བར་རེ་སྒུག་བྱེད་པ་ཡིན།

ང་ཚོའི་འགྲམ་ལོགས་ཀྱི་ནགས་རའི་ཁང་དང་སྐྱིད་ཚལ་ཁང་། ལྔ་བདུན་ལས་བྱེད་སློབ་གྲྭ་ཚང་མར་ཐང་ཆེན་པོ་ཞིག་ཡོད་དེ། གློག་བརྙན་སྟོན་རྒྱུ་ཆེས་མང་ས་ཞིག་ཡིན། སྐབས་འགར་ང་ཚོར་ཤོབ་གཏམ་ཞིག་གིས་ལ་ལུང་དུ་རྒྱུག་ཏུ་བཅུག་ནས། ལུས་རྩོལ་པོར་རྩལ་ཆུས་ཁེངས་ནའང་ངལ་བ་འབྲས་མེད་དུ་འགྱུར་སྲིད།

བལྟས་པ་ཆེས་མང་བའི་གློག་བརྙན་ཞིག་ནི《དོང་ལམ་དམག་

འཁྲུག》ཅེས་པ་དེ་ཡིན་ལ། ང་ཚོས་དེ་ནི་འཛམ་གླིང་ཐོག་གི་ཆེས་ཡིད་དབང་འཕྲོག་པའི་གཏམ་རྒྱུད་ཅིག་ཡིན་པར་སྙམ། མི་སྙིར་གཅིག་གིས་མགོ་ལ་ལག་ཕྱིས་དཀར་པོ་དཀྲིས་ཤིང་དོང་ལམ་དུ་འཛུལ་ནས། ལྷ་འདྲེས་ཚོ་འཕྲུལ་སྟོན་པ་ལྟར་དགྲ་དམག་ལ་འཛིང་སྟེ། རྒྱལ་ཁ་མ་ཐོབ་བར་དུ་མཚམས་མི་འཇོག གཡུལ་ས་དེ་དག་ལ་ཆེས་ཆ་རྒྱུས་ཡོད་ཅིང་ངར་བ་ཞིག་རེད།

གློག་བརྙན་ཏུ་ཁག་ལྔ་བདུན་ལས་བྱེད་སློབ་གྲྭ་ནས་སྐྱིད་ཚལ་ཁང་དུ་སོང་བ་དང་། དེ་ནས་ཉེ་འདེབས་ཀྱི་སྟེ་བར་གློག་བརྙན་སྟོན་དུ་སོང་། ང་ཚོ་ཁོ་ཚོའི་རྗེས་སུ་འབྲངས་ནས་འབྲལ་མི་འདོད། གློག་བརྙན་ག་ཚོད་ཅིག་ལ་བལྟས་པ་མི་ཤེས་ཏུང་། མཇུག་མཐར་ང་ཚོས་གློག་བརྙན་ནང་གི་སྣང་བརྙན་རེ་རེ་དང་། འཁྲབ་ཚིག་རེ་རེ་ཚང་མ་བློར་ཟིན་ནས་ནོར་འཁྲུག་ཅི་ཡང་མེད།

ཕྱིས་སུ། ང་ཚོ་ཚང་མས་བློ་བཀོད་ཅིག་འཐེན་པ་སྟེ། མགོ་ནས་མཇུག་བར་དུ《དོང་ལམ་དམག་འཁྲུག》འཁྲབ་སྟོན་ཐེངས་ཤིག་བྱས། བློ་བཀོད་དེ་ངོ་མ་བཟང་ཞིང་བསྡུགས་བརྗོད་མི་བྱེད་མཁན་གཅིག་ཀྱང་མེད་ལ། ཚང་མས་དེར་ཞུགས་འདོད་པའི་འུར་བརྒྱབ།

ང་ཚོ་ཚང་མ་ནགས་གསེང་དུ་སོང་སྟེ་སྦྲུར་སྟོང་ཆེན་པོའི་གསེང་ནས་ས་སྟོང་ཞིག་བཙལ་བ་དང་། དེ་ནས་འཁྲབ་སྦྱོང་གི་མགོ་བརྩམས། “ཧེ་ཧན་ཐོས”ཟེར་བས་འདྲེ་དམག་ཏུ་དཔོན་འཁྲབ་པའི་ཁས་བླངས་པ་དང་། ཁོའི་གྲོགས་པོ་བཟང་པོས་ནང་ཏུལ་པའི་སི་ལིང་འཁྲབ་ནས། གློག་བརྙན་ནང་གི་འཁྲབ་ཚིག“མཁས། མཁས། ངོ་མ་མཁས་པོ་རེད”ཅེས་བློ་བཞིན་

དུ་མཐེ་བོང་བསྣུན་ནས་བསྟོད་པ་བྱེད།

ཚང་མས་མགོ་ལ་ལག་ཕྱིས་དཀར་པོ་དཀྲིས་པ་དང་རྒྱབ་ལ་ཤིང་བོའུ་ཁུར་ནས་དམངས་དམག་གི་ཚུགས་ཀ་བྱས། བོའུ་ཐུང་བཟུང་བ་ནི་དྲག་དཔུང་རུ་དཔོན་དང་། སྐེད་པར་ཡལ་ག་གསེབ་པ་དང་སྒྲུར་སྒྲུར་བྱས་ནས་འགྲོ་མཁན་ནི་སྡེ་དཔོན་རྒན་པོ་རེད། ཆེས་ཇ་དྲག་ཆེ་བ་ནི་སྡེ་དཔོན་རྒན་པོ་དང་འདྲེ་དམག་རུ་དཔོན་གཉིས་ཀྱི་དམག་འཁྲུག་དེ་ཡིན་ལ། ང་ཚོའི་འཁྲབ་སྟོན་ལས་ཆེས་གཟབ་ནན་དང་ཆེས་འབད་པ་བྱེད་སའང་དེ་ཡིན།

སྡེ་དཔོན་རྒན་པོ་འཁྲབ་མཁན་ནི་ང་ཚོའི་ཁྲིད་ཀྱི་ཆེས་ཆོན་པོ་ཞིག་ཡིན་ལ། ཚང་མྱིང་ལ"ཧྭན་ཐེད་མོད"ཟེར། ཁོའི་ངོ་གདོང་ཀོར་ཀོར་ལ་ལག་ཕྱིས་དཀར་པོ་དཀྲིས་པ་ན་གང་ནས་བལྟས་ཀྱང་གློག་བརྙན་ནང་གི་མི་དེ་དང་ཨ་ན་མ་ན་རེད།

འདྲེ་དམག་སྡེ་བའི་ནང་དུ་ཐོན་ཐ། སྡེ་དཔོན་རྒན་པོ་མཚན་མོར་སྐོར་ཞིབ་ཏུ་འགྲོ་དུས། སྡོང་རྒན་ཞིག་གི་ཕག་ཏུ་ཡིབ་པ་དང་འདྲེ་དམག་མཐོང་བས། འཕྲལ་དུ་རྒྱུགས་སོང་། ཁོ་རྒྱུགས་ནས་སྡེ་བའི་ནང་གི་ཚོས་སྡོང་ཆེན་པོ་དེའི་རྩར་སོང་སྟེ་ཙོང་རྡུང་ནས་སྡེ་མི་ཚང་མར་བརྡ་རྒྱག་དགོས།

གློག་བརྙན་ནང་དུ་མ་གཞིར་རོལ་མོ་ཡོད་ལ། སྡེ་དཔོན་རྒན་པོའང་འཚབ་འཚུབ་ཀྱི་རོལ་མོ་དང་མཉམ་དུ་རྒྱུགས་སོང་བ་རེད་མོད། འོན་ཀྱང་འདི་ནི་ང་ཚོར་མཚོན་ན་བཀའ་ངལ་ཅི་ཡང་མེད་དེ། སྐད་གསང་མཐོ་བའི་མི་ཞིག་གིས་མགོ་ནས་མཇུག་བར་དུ་གློག་བརྙན་ལ་རོལ་མོ་དཀྲོལ་བ་མ་ཟད། གདངས་ཉམས་ཀྱང་གློག་བརྙན་དང་འདྲ།

སྟེ་དཔོན་ཀད་པོ་རོལ་མོའི་སྒྲ་དང་མཉམ་དུ་ཧོབ་ཀྱིས་རྒྱུགས་པ་དང་། "ཧེ་ཧན་ཐོས"འདྲེ་དམག་ཚོགས་པས་རྗེས་ནས་བདའ། སྣང་བརྙན་དེ་ངོ་མཚར་ཞིང་ཛ་དྲག་ཆེ་བ་ཞིག་རེད། "ཧེ་ཧན་ཐོས"དང"ཧྲན་ཐེད་ཐོད"གང་ཡིན་རུང་ཚང་མས་མཚམས་འཛོག་མི་འདོད། མཇུག་མཐར་རྒྱུགས་པའི་དུས་ཚོད་གློག་བརྙན་ལས་ལྡབ་གཉིས་ཙམ་གྱིས་རིང་སོང་མོད། དོན་དངོས་སུ་འཁྲབ་སྟོན་ཚན་པ་དེ་ལེགས་འགྲུབ་བྱུང་ཡོད།

རོལ་མོའི་མཚམས་འཛོག་ཐུབ་སོང་། སྟེ་དཔོན་ཀད་པོ་ཆོས་སྡོང་ཆེན་པོ་དེའི་རྩར་རྒྱུགས་ནས་མགྱོགས་མྱུར་གྱིས་ཅོང་ཐག་བཀྲོལ་ནས་ཅོང་རྡུང་། "ཧེ་ཧན་ཐོས"ཀྱིས་ལག་གི་ལག་སྒྲོན་དེ་ཅོང་རྡུང་མཁན་གྱི་ངོ་ལ་བཀར་ནས། ཁ་ནས་འཁྲབ་ཚིག་མཚར་པོ"སོ་ཀ —"ཞེས་པ་བཤད་པ་རེད།

"ཧྲན་ཐེད་ཐོད"ཀྱིས་གློ་བུར་དུ་ཅོང་ཐག་གཡུགས་པ་དང་རུམ་ནས་ལག་འཕོམ་ཞིག་བླངས། འདི་ནི་ལག་འཕོམ་ཕྱུར་བའི་དཔའ་བོའི་གཟུགས་བརྙན་ཞིག་ཡིན་ལ། "ཧྲན་ཐེད་ཐོད"ཀྱི་འཁྲབ་སྟོན་ཀྱང་ཇི་མ་ཇི་བཞིན་ཞིག་ཡིན། "ཧེ་ཧན་ཐོས"འདྲེ་དམག་རུ་ཚོགས་ལ་ལ་ཐང་ལ་ཉལ་བ་དང་། ལ་ལས་མགོ་བོ་སྐྱུར་ནས་སྙིང་རྩ་འདར་བར་བྱེད།

རྩེབ་ལོགས་ཀྱི་རོལ་མོ་བཀྲོལ་མཁན་གྱིས་རྣ་བར་གཟན་པའི་འགས་སྒྲ་བསྒྲགས་པ་དང་། དེའི་འཕྲོར་བྲེལ་འཚུབ་ཆེ་ཞིང་སེམས་འགུལ་ཐེབས་པའི་རོལ་མོ་དཀྲོལ་བ་རེད།

དམག་འཁྲུག་ཆེས་དཀའ་སྡུག་ཆེ་བའི་དུས་རིམ་དུ་ཐོན། དམངས་དམག་བུད་མེད་རུ་དཔོན་གྱིས་མི་རྣམས་ཀྱི་སྣེ་ཁྲིད་ནས་མའོ་ཀྲུའུ་ཞིའི《རྒྱུན་བསྲིང་དམག་འཁྲུག་སྐོར་བཤད་པ》ལ་སློབ་སྦྱོང་བྱེད་པ་དང་། དེའི་

ཚང་མས་མགོ་ལ་ལག་ཕྱིས་དཀར་པོ་དགྲིས་པ་དང་རྒྱབ་ལ་ཞིང་པོའུ་ཁྲུར་ནས་དམངས་དམག་གི་ཚུགས་ཀ་བྱས། པོའུ་ཐུང་བཟུང་བ་ནི་དྲག་དཔུང་ཊུ་དཔོན་དང་། སྐྱིད་པར་ཡལ་ག་གསེབ་པ་དང་སྒྲུར་སྒྲུར་བྱས་ནས་འགྲོ་མཁན་ནི་སྡེ་དཔོན་ཀྲད་པོ་རེད། ཆེས་ཛ་དྲག་ཆེ་བ་ནི་སྡེ་དཔོན་ཀྲད་པོ་དང་འདྲེ་དམག་ཊུ་དཔོན་གཉིས་ཀྱི་དམག་འཁྲུག་དེ་ཡིན་ལ། ང་ཚོའི་འཁྲབ་སྟོང་ལས་ཆེས་གཟབ་ནན་དང་ཆེས་འབད་པ་བྱེད་སའང་དེ་ཡིན།

དུས་སུ་དམག་འཁྲུག་ལ་རྒྱལ་ཁ་ཐོབ་པ་སྟེ། སློག་བརྙན་ནང་དུ་འཕྲལ་དུ་སྐྱེས་མའི་ཁེར་ལེན“ཀྱཱའུ་ཞིའི་སྐད་ཆ་སེམས་སུ་བཅངས...”ཞེས་པ་བླངས་བྱུང་། གླུ་དེ་ཅི་འདྲའི་སྙན་པ་ལ། སོས་ཡིན་ཏེ་གླུ་དེའང་རོལ་མོ་དཀྱིལ་མཁན་དེའི་བླངས་པ་རེད། ཁོའི་གླུ་སྐད་ནི་སྙན་ཞིང་འཇེབས་ལ་བྱད་མེད་ལས་ཀྱང་ལྷག མགྲིན་པ་འདི་ལས་ད་སོ་མ་དུས་ཚོད་ཀྱི་འཁོར་སྒྲ་དང་རྣ་བ་འགས་པར་བྱེད་པའི་འགས་སྒྲ་བསྒྲགས་པ་སུ་ཞིག་གིས་ཤེས་སམ།

ང་ཚོས་ནགས་གསེང་དུ་མགོ་ནས་མཇུག་བར《དོང་ལམ་དམག་འཁྲུག》ཐེངས་འགར་འཁྲབ་སྟོན་བྱས། ཕྱིས་སུ་ཚང་མས་འཁྲབ་སྟོན་འདི་ངོམ་ན་འོས་སྙམ་པས། ནགས་རའི་ཁང་དང་སྟེ་བར་ཡོང་།

མི་རྣམས་ཀྱིས་ང་ཚོའི་མཐའ་བསྐོར་ནས་བལྟས། སྐྱོང་ཚོར་འདི་བརྗོད་དཀའ་བ་ཞིག་རེད།

དང་ཐོག་མི་རྣམས་ཀྱིས་གད་མོ་འགའ་རེ་ཤོར་ཡང་སྲིད་མོད། འོན་ཀྱང་འཕྲལ་དུ་གཟབ་ནན་བྱེད་སྲིད། “ཧྲན་ཐེད་པོད”རོལ་མོ་དང་སྟེབ་ནས་རྩོབ་རྒྱུགས་བྱེད་སྐབས། རྟག་ཏུ་བསྟོགས་འཐོད་བསྟུད་མར་བསྒྲགས་ཡོང་ངེས།

ངས་འཁྲབ་སྟོན་གྱི་ཁྲིད་དུ་པོ་ལུག་ཤིང་པོའུ་ལུར་བ་དང་། དྲག་ཆས་བཟོ་ཚོགས་ཀྱི་རུ་དཔོན་ཡིན།

ཞིང་བདག་ཁྲ་རིས་མ་ལ་ཆོ་ཇུང་བཏང་བ།

སྐབས་དེར་ཡིད་དབང་འགུག་ཐུབ་པ་དང་བརྗིད་དགའ་བའི་དོན་དག་གཉིས་ཡོད་དེ། གཅིག་ནི་སྡེ་བ་བརྒྱུད་ནས་གློག་བརྙན་སྟོན་པའི་གློག་བརྙན་ཏུ་ཁག་གི་རྗེས་འབྲང་ནས་གློག་བརྙན་ལ་བལྟ་བ་དང་། ཅིག་ཤོས་ནི་སྡུག་བསྔལ་དྲན་བརྗོད་དུ་ཞུགས་ནས་སྡུག་བརྗོད་བྱེད་པར་ཉན་པ་དེ་རེད།

སྡུག་བསྔལ་དྲན་བརྗོད་ནི་སྡེ་བ་དང་ནགས་རའི་ཁང་། སྐྱིད་ཚལ་ཁང་། ལྷ་བདུན་ལས་བྱེད་སློབ་གྲྭ། ང་ཚོའི་སློབ་གྲྭ་བཅས་ནས་འཚོགས་པ་རེད། ལོ་རེར་ཐེངས་འགར་ཚོགས་དགོས་པ་དང་སྤྱིལ་མར་གྱིས་ཚོགས་དགོས། སྡུག་བསྔལ་བརྗོད་ཚོགས་ཀྱི་ཚོགས་བཟ་ཐོས་ཐེངས་རེར་ཚང་མས་ཕན་ཚུན་ལ་བཤད་པ་དང་། བཤད་པའི་ནང་དོན་ཡང་མི་འདྲ་སྟེ། ལ་ལས་ཐེངས་འདིའི་སྡུག་བརྗོད་མཁན་ནི་བགྲེས་མོ་ཞིག་ཡིན་ལ། ཞིང་བདག་གིས་མནར་གཅོད་བཏང་ནས་མིག་གཉིས་ལོང་འདུག་ཟེར། ཡང་ལ་ལས་ཁོ་མོས་རྫོང་ཡོངས་ནས་སྡུག་བརྗོད་ཐེངས་བརྒྱ་ཕྲག་བྱས་པས་མིང་གྲགས་ཅན་ཞིག་རེད་ཟེར། ཡང་མི་འགའ་རེས་སྡུག་བརྗོད་དུ་ཡོང་མཁན་ནི་ལོ་ན་མི་ཆེ་བའི་སྐྱེས་མ་ཞིག་རེད། མོས་ཕ་མ་དང་ཨ་ཞང་དང་ཨ་ནེའི་

ཚབ་བྱས་ནས་སྨུག་བརྗོད་བྱེད་དུ་ཡོང་བ་རེད། མོའི་ཤ་ཉེ་ཚང་མ་གདུག་རྩུབ་ཅན་གྱི་སྤྱི་ཚོགས་རྙིང་པས་བསད་སོང་བས། མོས་དེ་རིང་དངོས་སུ་ཚང་མར་བཤད་རྒྱུ་རེད་ཟེར། མི་ལ་ལས་ད་དུང་སྨུག་བརྗོད་བྱེད་དུ་ཡོང་མཁན་ནི་ཕོ་རྒྱང་ཞིག་རེད། ཞིང་བདག་གིས་ཁོའི་རྩིབ་མ་གསུམ་བཅག་པས། ཐེངས་འདིར་ཁོས་མགོ་ནས་མཇུག་ཏུ་གཅར་རྡུང་མྱངས་པའི་བརྒྱུད་རིམ་བཤད་རྒྱུ་རེད་ཟེར།

བཤད་རྒྱུན་སྣ་ཚོགས་ཀྱིས་ང་ཚོར་སེམས་འགུལ་ཐེབས་སུ་བཅུག་ནས། ཟ་མ་ཟ་སྐབས་ཀྱང་ཟས་ཚིག་གི་མདུན་ནས་བསྡད་ན་མི་འདོད་པར་གྱུར་པ་དང་། ཁྲིམ་མི་ཚོ་ཡང་ཁྲོས་ནས"ཟ་མ་ལེགས་པོར་ཟས་ནས་ཡུད་ཙམ་ལ་ཉན་ན་ད་གཟོད་ངར་ལངས་ཐུབ"ཅེས་གཤེ་གཤེ་བཏང་།

སྨུག་བརྗོད་ལ་ཉན་པ་ནི་སློག་བརྙན་ལ་བལྟ་བ་དང་མི་འདྲ་བར་ཤིན་ཏུ་ཐང་ཆད་པ་ཞིག་རེད། རྒྱུ་མཚན་ནི་ཡུད་ཙམ་ལ་ཉན་རྗེས་ཡར་ལངས་ནས་འཐོད་ཚིག་སྒྲོག་དགོས། མི་གཅིག་གིས་འཐོད་ཚིག་བསྒྲགས་པ་ན་ཚང་མས་དེའི་རྗེས་འབྲངས་ནས་འཐོད་ཚིག་སྒྲོག་པའམ་ཡང་ན། རེས་མོས་ཀྱིས་འཐོད་ཚིག་བསྒྲགས་ནས། མི་ཚོགས་གཞན་ཞིག་གི་སྐད་མགོ་གནོན་རག་བར་དུ་སྒྲོག་དགོས།

འཐོད་ཚིག་སྒྲོག་པ་ལས་གཞན་ད་དུང་མཚམས་མི་ཆད་པར་ངུ་དགོས། ངུས་ནས་མིག་ཆུ་ཁྲིམ་ཁྲིམ་དུ་བཞུར་བ་དང་། མིག་ཆུ་དེ་འདྲ་མང་པོ་གང་ནས་ཐོན་པའང་མི་ཤེས། སྟེགས་བུའི་ཐོག་གི་སྨུག་བརྗོད་མཁན་གྱིས་མཚམས་མི་ཆད་པར་སྨུག་དྲན་བྱེད་པ་དང་། ང་ཚོ་མཚམས་མི་ཆད་པར་ངུ་བ་ཡིན་ལ། མཇུག་མཐར་ངུས་ནས་སྐད་འགག་པས། འཐོད་ཚིག་ཀྱང་

སྒྲོག་མི་ཐུབ།

སྡུག་དྲན་བརྗོད་ཚོགས་ཚོགས་ཐེངས་རེར་ཚང་མ་མིག་མཐའ་དམར་ཞིང་སྐད་འགགས་ནས་ཡུལ་ལ་འགྲོ་དགོས། ཁྲིམ་མིས་བྱིས་པ་ཚོར་སྙིང་རྗེ་ནས་སྡུག་བརྗོད་མཁན་ལ་འཁང་ར་བྱེད་པ་སྟེ། "ཅི་འདྲའི་བཤད་མཁན་ཞིག བྱིས་པ་ཚོ་ན་ཚ་རུ་གཏོང་རྒྱུ་རེད"ཟེར།

དོན་དངོས་སུ། ཁྲིམ་མི་ཚོས་ཆེས་འཁང་ར་བྱེད་འོས་པ་ནི་སློབ་གྲྭའི་དགེ་རྒན་ཡིན། རྒྱུ་མཚན་ནི་སྡུག་དྲན་བརྗོད་ཚོགས་ཐེངས་རེ་རེར་དགེ་རྒན་གྱིས་འཛིན་གྲྭའི་ནང་ནས་འབོད་ཚིག་ཆེས་སྒྲོག་མཁན་དང་། ངུ་བ་ཆེས་མང་བའི་སློབ་མ་ལ་བསྟོད་བསྔགས་བྱེད་པ་སྟེ།

"འབོད་ཚིག་གི་སྐད་འགོ་ཅི་འདྲའི་མཐོ་བ་ལ། སྐད་འགག་ཧུང་ད་ངུང་ཁུར་ཚུར་ཕྱུར་འདུག"ཅེས་དང་།

"ངུ་བ་ལ་སྟོས་དང་། མིག་ཟུང་ལས་མིག་ཆུ་ཁྲོམ་ཁྲོམ་དུ་བཞུར་ནས་ཐང་ཁ་ཚང་མ་སྙན་པར་བརྗིས་འདུག"ཟེར།

སྟེགས་བུའི་ཐོག་གི་སྡུག་བརྗོད་མཁན་མང་ཤོས་ཀྱིས་མཐའ་སྐོར་གྱི་གང་ས་གང་ནས་སྡུག་བརྗོད་ཐེངས་མང་བྱས་པས་ང་ཚོར་ཆ་རྒྱུས་ཡོད་པ་དང་། ཆེས་སེམས་འགུལ་ཐེབས་པའི་མཚམས་ཀྱང་ང་ཚོས་ཤེས་པ་རེད། དཔེར་ན་ཁོས(མོས)བཤད་ཞོར་བཤད་ཞོར་དུ་མགོ་བོ་སྨད་ནས། སྐར་མ་གཉིས་གསུམ་ཙམ་ལ་གྲག་འགུལ་མེད་པར་སྡོད་པ་དང་། ང་ཚོས་སྒྲུག་ནས་སྡོད་སྐབས་ཁོས(མོས)གློ་བུར་དུ་མགོ་བོ་དགྱེ་ནས་སྐད་གསེང་མཐོན་པོས། "བྱིས་པ་ཡ་རབས་ཡ། གྲི་ཁྱེར་ཤོག་དང་། ཐག་པ་ཁྱེར་ཤོག་དང་ང་ཤི་ན་འདོད"ཅེས་སྐད་བརྒྱབ།

སྐྱིགས་བུའི་ཐོག་གི་སྨུག་བརྗོད་མཁན་མང་པོས་ཀྱིས་མཐའ་སྐོར་གྱི་གང་ས་གང་ནས་སྨུག་བརྗོད་ཐེངས་མང་བྱུས་པས་ང་ཚོར་ཆ་རྒྱུས་ཡོད་པ་དང་། ཆེས་སེམས་འགུལ་ཐེབས་པའི་མཚམས་ཀྱང་ང་ཚོས་ཤེས་པ་རེད། དཔེར་ན་ཕོས(མོས)བཤད་ཞོར་བཤད་ཞོར་དུ་མགོ་བོ་སྒྲད་ནས། སྐར་མ་གཉིས་གསུམ་ཙམ་ལ་གྲག་འགུལ་མེད་པར་གྱུར་པ་དང་། ང་ཚོས་སྒྲུག་ནས་སྟོད་སྐབས་ཕོས(མོས)སྤྱི་བུར་དུ་མགོ་བོ་དགྱེ་ནས་སྐད་གསེང་མཐོན་པོས། “བྱིས་པ་ཡ་རབས་ཡ། གྲི་ཁྲིར་ཤོག་དང་། ཐག་པ་ཁྲིར་ཤོག་དང་ང་ཤི་ན་འདོད”ཅེས་སྐད་བརྒྱབ།

སྐབས་འགར་ཁོས(མོས)མགོ་བོ་སྨྲེད་པའི་དུས་ཡུན་རིང་ནས། ཉན་མཁན་རྣམས་ལ་བཟོད་དཀའ་བ་ཞིག་སྟེར། ང་ཚོས་ཁོའི(མོའི)ཚབ་བྱས་ནས་སྐད་གསེང་མཐོན་པོས“གྲི་ཁྲེར་ཤོག་དང་། ཐག་པ་ཁྲེར་ཤོག་དང”ཞེས་སྐད་བརྒྱབ་མཐར། དེའི་རྗེས་སུ་དགེ་རྒན་གྱིས་ང་ཚོར་གཞི་གཞི་ཚ་པོ་བཏང་།

སློག་བརྙན་ལ་བལྟ་བ་དང་འདྲ་བར། ང་ཚོས་ཀྱང་སྡུག་བརྗོད་མཁན་གྱི་རྗེས་འབྲངས་ནས་ཚོགས་ར་དུ་མར་སྤྱོར་དགོས། རྣམ་པ་དེ་འདྲ་ཞིག་མ་བརྒྱུད་ན་ནམ་ཡིན་ཡང“ངུས་ནས་མིག་ཆུ་སྐམ་སོང”ཞེས་པར་གོ་བ་ལོན་དཀའ། སྐབས་འགར་མིག་ཆུ་སྐམ་སྲིད་དེ་ཆུ་འཐུང་བའི་མང་ཉུང་དང་འབྲེལ་བ་མེད།

ང་ཚོར་ཉམས་མྱོང་ཡོད་པའི་རྐྱེན་གྱིས་སྡུག་དྲན་བརྗོད་ཚོགས་ཚོགས་ཐེངས་རེར་སྟོན་ལ་ཆུ་འཁྱུགས་དཀར་ཡོལ་དོ་འཐུང་བ་ཡིན། རྨོ་མོས་ང་ལ་སྙིང་རྗེ་ནས་ནམ་ཡིན་ཡང་ཆུ་མང་པོ་འཐུང་དུ་བཅུག་པས། སྡུག་དྲན་བརྗོད་ཚོགས་ཀྱི་སྐབས་སུ། སྡུག་བརྗོད་ཚར་ལ་ཉེ་བའི་སྐབས་སུའང་ངུ་ཐུབ།

དེ་ནི་སྡུག་དྲན་བརྗོད་ཚོགས་སྤྱིར་བཏང་བའི་སྐབས་སུ་ཚོག་མོད། འོན་ཀྱང“ཨེར་ཅིག”གི་ཨ་ཕ་དང་འཕྲད་ཚེ་ནུས་པ་ཉམས་སྲིད། “ཨེར་ཅིག”གི་ཨ་ཕ་ནི་ཚུར་ཡོང་གི་ཆེས་གཞུག་མ་ཡིན་པ་དང་། དུས་རྒྱུན་དུ་ཡང་སྐད་ཆ་མང་པོ་མི་བཤད་པས་ས་དེའི་མིས་ཁོར་མཐོང་ཆུང་བྱེད། ཁོས་སྤྱི་ཚོགས་རྙིང་བར་སྡུག་མྱངས་པ་ཆེས་མང་བ་གསལ་པོར་ཤེས་ནའང་། ཁོ་བཙལ་མཁན་གཅིག་ཀྱང་མེད།

ཉིན་ཞིག་ལ་ཁོས་པུས་མོའི་མགོ་ལ་ཐལ་མོས་རྡེབ་ནས“ངས་ཀྱང་ཕྱིར་དྲན་བྱུས་ཚོག”ཅེས་བཤད་ནས། ཚོད་ལྟའི་ཚུལ་གྱིས་སྟུག་དྲན་བྱས་པ་ན། ཚོགས་རའི་ནང་གི་རྐད་པོ་རྐན་མོ་འགའ་ཞིག་ངུས་ནས་བརྐྱལ་ལ་བྱེད། དེ་ནས་བཟུང་ཁོའི་སྐན་གྲགས་རྒྱས་པས། ཉེ་འདབས་ཀྱི་སྡེ་བ་དང་ལས་ཁུངས་ཚང་མས་ཁོ་གདན་འདྲེན་ཞུ་རུ་ཡོང་བ་རེད།

“ཨེར་ཅིག”གི་ཨ་ཕ་ཡིས་སྟུག་དྲན་བྱས་པ་གཞན་ཚང་མ་དང་མི་འདྲ་བར། སྡིགས་བུའི་ཐོག་ཡོང་མ་ཐག་ངོ་ལ་སྟུག་གིས་ཁེངས་པ་ཞིག་མ་ཡིན་པར་དགའ་འཛུམ་འཛུམ་བྱེད། ཁོ་ཅོག་ཅེའི་མདུན་དུ་ཙོག་ནས་ཡར་བལྟ་མར་བལྟ་བྱེད་པ་དང་། ཁུག་མའི་ནང་ནས་སྲུན་མ་འགའ་རེ་བླངས་ཏེ་ཟ་ཞོར་དུ་ཆུ་དཀར་ཡོལ་གང་འཐུང་རྗེས། རང་བཞིན་གྱི་ཁ་བརྡ་བྱེད་པ་ལྟར་བྲེལ་འཚུབ་མེད་པར་དལ་གྱིས་བཤད།

ཁོས་སྐད་དམའ་མོས་དལ་མོར་བཤད་པ་དང་། བཤད་གིན་བཤད་གིན་སྟུག་དེ་འདྲ་མང་པོ་ཞིག་ཡོད་པ་སུས་ཀྱང་མི་ཤེས། ཁོས་སྐད་མ་བརྐྱབ་ལ་ངུ་ཡང་མ་ངུས་མོད། བཟོད་མ་ཐུབ་ཚོ་གར་སྡིགས་སྡིང་ནས་ཕར་འགྲོ་ཚུར་འོང་བྱེད་ཞོར། ལག་པ་དགོང་ལ་ཕྱར་ནས“གྲི་གཙག་མདུང་གཙག་བྱེད་རྒྱུ་ཕྱོད། གནམ་གྱིས་མི་བསྲུང་རྒྱུ་ཕྱོད”ཅེས་ཟེར།

སྟུག་དྲན་བརྗོད་ཚོགས་ཀྱི་སྡེ་མ་སུམ་ཆའི་གཅིག་གི་སྐབས་ནས་བཟུང་། ཉན་མཁན་ཚང་མ་སྟུག་དྲན་ནང་དུ་སེམས་ཤོར་ནས་ངུ་བ་ལས་འདོད་ཚོག་སྒྲོག་རྒྱུ་བརྗེད་སོང་བ་རེད། དེའི་རྗེས་ཚང་མས“སུས‘ཨེར་ཅིག’གི་ཨ་ཕ་ལས་ཀྱང་སྟུག་མང་པོ་ཁུར་ཡོད་ཅེས་ན་གཏན་ནས་མི་ཚོག”ཅེས་ཟེར།

ང་ཚོས་སྡུག་དྲན་བརྗོད་ཚོགས་ལ་ཡང་ནས་ཡང་དུ་ཉན་པ་དང་། མགོ་ནས་མཇུག་ཏུ་ལྡད་མོ་བྱེད་བསམ་ནས་ནགས་ཚལ་དུ་ཡོང་ནས་འབྲབ་སྟོན་ཐེངས་གཅིག་བྱས་པ་མ་ཟད། སློག་བརྙན་འཁྲབ་པ་ནང་བཞིན་ལེགས་འགྲུབ་འབྱུང་བར་རེ་སྨོན་བྱས།

དོན་དག་ཅི་ཞིག་ཡིན་རུང་ལག་ལེན་དུ་མ་བསྟར་ན་མི་ཚོག་པས། ངས་བསྡད་ཀྱིན་བསྡད་ཀྱིན་དགེ་རྒན་གྱིས་མཚན་ཉིད་རིག་པའི་སློབ་ཁྲིད་ཀྱི་སྐབས་སུ་བཤད་པའི་སྐད་ཆ་སྟེ། "ཤེས་བྱ་ཡང་དག་པ་ནི་ལག་ལེན་ལས་བྱུང་བ་ཡིན། དོན་བྱ་གང་ཡིན་རུང་ལག་ལེན་བྱེད་དགོས། ལག་ལེན་མ་བྱས་ན་སྟོང་བར་འགྱུར་ངེས"ཞེས་པར་ཡིད་སྨོན་བྱེད་པ་རེད། ང་ཚོ་རེས་མོས་ཀྱིས་གར་སྟེགས་སྟེང་བུད་ནས་འཁྲབ་སྟོན་བྱས་ཤིང་། གང་ནུས་ཅི་ལྦོགས་ཀྱིས་ངུ་ངག་དང་ངུ་འབོད་ཇི་ལྟར་བྱས་པ་དང་། "ཨེར་ཅིག"གི་ཨ་ཕ་ནང་བཞིན་ལག་པ་དགོང་ལ་ཕྱར་རུང་ཕན་ཅི་ཡང་མ་ཐོགས། ལྟད་མོ་བ་ཚང་མ་མི་ངུ་བ་མ་ཟད་ད་དུང་ཤུབ་ཤུབ་ཀྱིས་གད་མོ་དགོད་པ་རེད། དོན་འདི་གཞི་ནས་ཕམ་སོང་བ་རེད།

ཡིན་ནའང་། ང་ཚོས་ཕམ་ཁ་མྱང་མི་འདོད། ཕྱིས་སུ། ཚང་མས་ཐབས་བཀོད་ཅིག་འཐེན་པ་སྟེ། ངེས་པར་དུ་སེམས་ཁོངས་སུ་བཅངས་པའི་སྡུག་བསྔལ་དང་ཞེ་སྡང་བརྗོད་དགོས་པ་དེ་ཡིན། སྡུག་དྲན་བརྗོད་ཚོགས་ལ་ཐེངས་དེ་འདྲ་མང་པོར་ཉན་པས་སེམས་ནས་ཞེ་འཁོན་མེད་པ་མི་སྲིད། ང་ཚོ་ཚང་མས་རང་རང་གི་ཞེ་འཁོན་ཤིན་ཏུ་གཏིང་ཟབ་པར་འདོད།

ང་ཚོས་དངོས་གནས་ཞིང་བདག་ལ་གཅེར་རྦུང་དྲག་པོ་ཞིག་བྱེད་འདོད་མོད། འོན་ཀྱང་ཞིང་བདག་ཤིན་ཏུ་ཉུང་བ་མ་ཟད་མཐའ་འཁོར་གྱི་

སྒེ་བའི་ནང་དུ་ཡོད་པས། ཚང་མར་གཅིག་གྱུར་གྱིས་དམངས་དམག་གིས་ལྟ་རྟོག་བྱེད་པས། ཚང་མས་ཆེས་ཆེ་བའི“ཧན་ཐེད་ཐོད”བདམས་ནས་ཞིང་བདག་འཁྲབ་ཏུ་བཅུག

“ཧན་ཐེད་ཐོད”གར་སྟེགས་སྟེང་འབུད་དུ་བཅུག་ནས། ང་ཚོས་ཁོའི་རྣ་ཅོག་དང་སྣ་མགོ་ནས་བཙིར་ཞིང་། མཇུག་མཐར་ང་ཚོ་དངོས་གནས་ཁོང་ཁྲོ་གཏོང་ནས་ལངས་ཏེ། ཁོ་ལ་གཅེར་རྡུང་ཚ་པོ་བྱེད་པའི་མགོ་བརྩམས་པ་དང་ཁོ་ཡང་ངུས་པ་རེད།

“ཧན་ཐེད་ཐོད”ཀྱིས་ཁ་ལ་ཉན་པའི་ཞིང་བདག་ཅིག་འཁྲབ་སྟོན་བྱེད་དུ་འཇུག་ཆེད། མི་ལ་ལས་རང་ཁྱིམ་ནས་ལྭ་བ་བར་ཚང་ཅན་བརྐུས་ཡོང་ནས་ཕྱིར་སློག་སྟེ་ཁོ་ལ་གྱོན་དུ་བཅུག ལྭ་བ་བར་ཚང་ཅན་གྱི་ནང་མ་ནི་རས་ཁྲ་ཡིན་པས། “ཧན་ཐེད་ཐོད”ཀྱང་འཕྲུལ་དུ“ཞིང་བདག་ཁྲ་རིས”ཤིག་ཏུ་གྱུར།

ཁོས་གདོང་ལ་ངུ་ངོ་ཤར་ཞིང་ལྭ་བ་བར་ཚང་ཅན་མཐུག་པོ་ཞིག་གྱོན་པས་ཇི་ལྟར་བལྟས་ཀྱང་ཞེ་སྡང་གཏིང་ནས་ལངས་ཡོང་བ་ཞིག་རེད། མི་ལ་ལས་བཟོད་མ་ཐུབ་པར་སྤོང་བོའི་ཡལ་ག་བཅགས་ནས་གཅར་རྡུང་བྱས། ལྭ་བ་བར་ཚང་ཅན་མཐུག་པོ་ཞིག་གྱོན་ཡོད་པས“ཧན་ཐེད་ཐོད”ལ་ན་ཟུག་གི་ཚོར་བ་མ་སྐྱེས།

ང་ཚོས་རེས་མོས་ཀྱིས་གཅར་རྡུང་བྱས་པ་དང་གཤེ་གཤེ་བཏང་ལ། ཁོས་ཤིན་ཏུ་ན་ཟུག་ལངས་ཁུལ་བྱས་ཏེ་ཕུས་བཙུགས་ཀྱིས་ཞུ་བ་བྱས།

“ཀུ་ཡངས་གཏན་ནས་མི་གཏོང་། གཏན་ནས་མི་གཏོང་།”

“ཁྲི་གཙུག་མདུང་གཙུག་བྱེད་རྒྱུ་ཕྱོད། གནམ་གྱིས་མི་བསྲུང་རྒྱུ

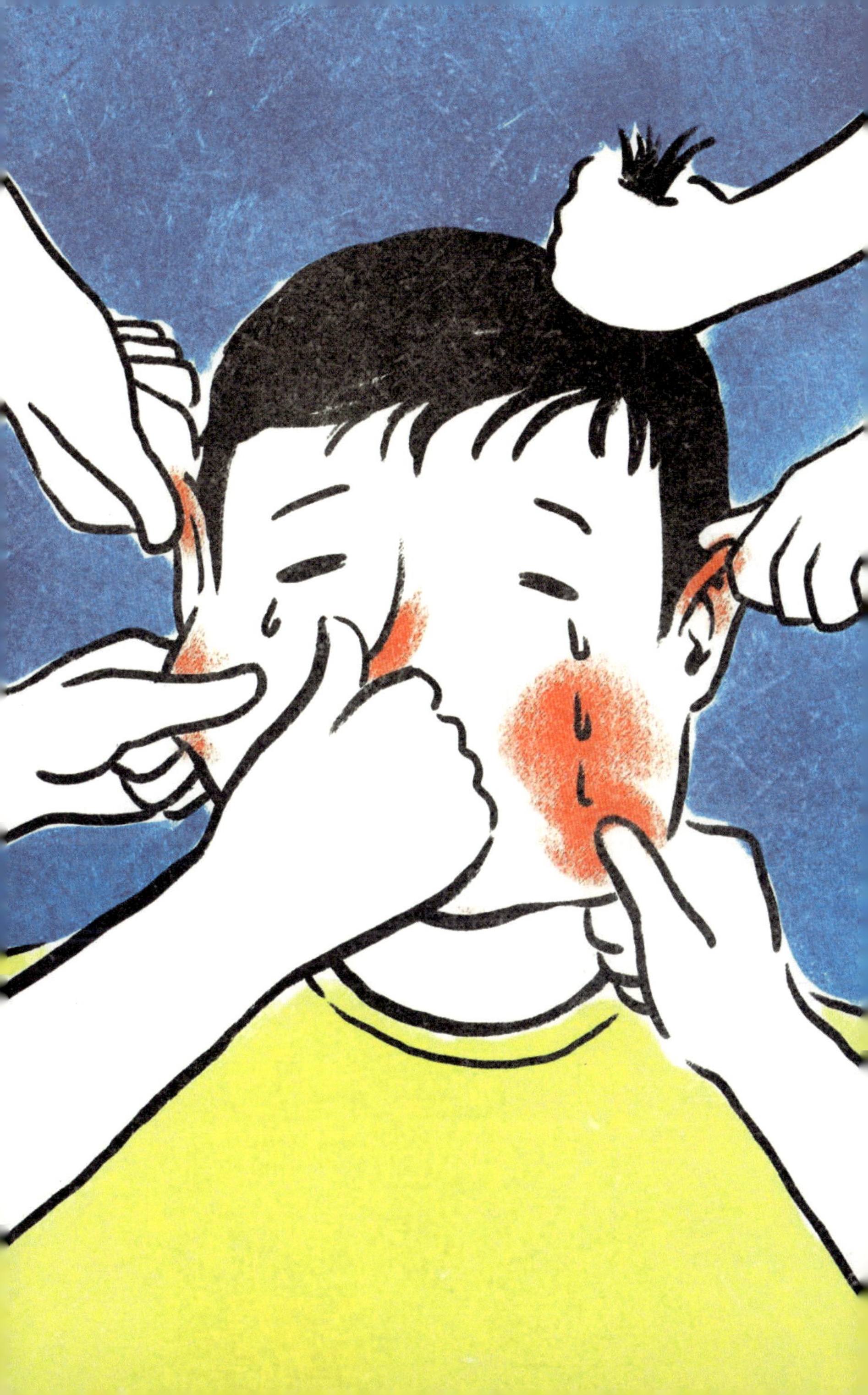

ང་ཚོས་དངོས་གནས་ཞིང་བདག་ལ་གཅེར་རྫུང་དྲག་པོ་ཞིག་བྱེད་འདོད་མེད། འོན་ཀྱང་ཞིང་བདག་ཤིན་ཏུ་ཞུང་བ་མ་ཟད་མཐའ་འཁོར་གྱི་སྡེ་བའི་ནང་དུ་ཡོད་པས། ཚང་མ་གཅིག་གྱུར་གྱིས་དམངས་དམག་གིས་ལྟ་རྟོག་བྱེད། ཐབས་ཟད་པས་ཚང་མས་ཆེས་ཆེ་བའི“རྟའ་ཐེད་ཐོད”བདམས་ནས་ཞིང་བདག་འཁྲབ་ཏུ་བཅུག

“རྟའ་ཐེད་ཐོད”གར་སྟེགས་སྟེང་འབུད་དུ་བཅུག་ནས། ང་ཚོས་ཁོའི་རྣ་ཅོག་དང་སྣ་མགོ་ནས་བཙིར་ཞིང་། ང་ཚོ་དངོས་གནས་ཁོང་ཁྲོ་གཉིང་ནས་ལངས་ཏེ། ཁོ་ལ་གཅེར་རྫུང་ཚ་པོ་བྱེད་པའི་མགོ་བརྩམས་པ་དང་ཁོ་ཡང་དུས་པ་རེད།

ཁྱོད། ”

གཅར་རྡུང་བྱས་ནས་ངར་ལངས་པའི་སྐད་ལ་གློག་བུར་དུ་མི་ཞིག་གར་སྡེགས་སྡེང་ཡོང་ནས་འགབ་སྐྱུང་བྱས་ཤིང་། ལག་པ་གཉིས་ཡར་བཀྱགས་ནས“ངའི་ལྭ་བ་རལ་ཐ”ཞེས་ཀི་བཏབ་པ་རེད།

ནགས་རའི་ཁང་གི་འགྲམ་དུ་སྡེ་བ་ཞིག་ཡོད་ལ། ངའི་ཆེས་བཟང་བའི་གྲོགས་པོ“ཨེར་ཅིག”སྡེ་བ་དེའི་ནང་དུ་ཡོད། ཁོ་ནི“སྡུག་དྲན་བརྗོད་མཁས”ཀྱི་བྱིས་པ་ཞིག་ཡིན། “ཨེར་ཅིག”གི་ཨ་ཕ་དང་ཨ་མ་གཉིས་ཀྱིས“ཨེར་ཅིག”བཙས་པ་ཤིན་ཏུ་འཕྱིས་པས། “ཨེར་ཅིག”གི་ཨ་ཕ་ལོ་ན་ཤིན་ཏུ་བགྲེས། ཉིན་ཞིག་ལ་ང་དང“ཨེར་ཅིག”གཉིས་ཀྱིས་ནགས་ཚལ་དུ་ཤ་མོག་འཐུ་སྐབས། “ཨེར་ཅིག”གློ་བུར་དུ་ཐང་ལ་ཅོག་ནས་ངུ་ལ་བྱེད།

ངས་ཁོ་སྨྱུལ་ཞོར་དུ‘ཨེར་ཅིག’ཁྱོད་ལ་ཅི་བྱུང་བ་ཡིན་ཞེས་དྲིས།

“ངའི་ཨ་ཕ་འཆི་ལ་ཉེ། ” “ཨེར་ཅིག”གིས་མིག་ཆུ་འབྱིད་ཞོར་དུ་དེ་ལྟར་བཤད།

ང་ཡིད་མ་ཆེས། རྒྱུ་མཚན་ནི་ཉིན་འགའི་ཡར་སྔོན་དུ་ངས་ཁོའི་ཨ་ཕས་སྐྱིད་ཚལ་ཁང་ནས་ཀུ་ཤུ་ཉོ་བཞིན་པ་མཐོང་ལ། གོམ་པའི་འདེགས་འགྲོས་ཀྱང་སྟོབས་དང་ལྡན་པ་ཞིག་རེད། ངས་ཁོ་ལ་ཉོག་བཤད་མ་རྒྱག དེ་ལྟར་བཤད་ན་རྟེན་འབྲེལ་མི་ལེགས་ཞེས་བཤད།

“ཨེར་ཅིག”གིས“དེ་ངོ་མ་ཡིན། སྡེ་བའི་ནང་གི་ལོ་ལོན་ཚང་མས་དེ་ལྟར་བཤད། བལྟས་ཚོད་ཀྱིས་ངའི་ཨ་ཕར་ནད་མེད་པ་ཞིག་དང་འདྲ་མོད། འོན་ཀྱང་དོན་དངོས་སུ་ཁོའི་ཚེ་ཐག་དེ་འདྲ་རིང་མི་ཐུབ། འདི་ལ་ཞིབ་

ཕྲས་བཤད་ན་ད་གཟོད་ཤེས་ཐུབ། ཡིད་མི་ཆེས་ན་ཁྱོད་ཚོས་སྟོས་དང་། ལོ་འདིའི་ནང་གི་དོན་དག་ཅིག་རེད། ལོ་ལོན་ཚོས‘ཨེར་ཅིག་གི་ཨ་ཕས་སང་ལོའི་གྲོ་ནས་བཟའ་ཐུབ་རྒྱུ་མ་རེད’ཟེར”ཅེས་བཤད།

ང་ཧ་ལས་ཤིང་སྒྱི་ལངས་ནས་རེམ་མར་ཅི་ཞིག་བྱུང་སོང་། འདི་ལྟར་བཤད་པའི་རྒྱུ་མཚན་ཅི་ཡིན་ཞེས་དྲིས།

“ཨེར་ཅིག”གིས་དབུགས་རིང་ཞིག་བཏོན་ནས། “ལོ་ལོན་ཚོས་ཁོས‘རྟགས་མཚན་བཙོས’ཡོད་ཟེར་ཏེ། གསལ་པོར་བཤད་ན་ཁོ་ལུགས་ལས་ཐོག་འདུག འདི་དག་ཚང་མ་ལྟས་ལེགས་ཤིག་མིན”ཞེས་བཤད།

“‘རྟགས་མཚན་བཙོས་ཡོད’ཅེས་པའི་དོན་ཅི་རེད། རྒྱུན་ལྡན་ཇི་ལྟར་མིན། ”

“ངའི་ཨ་ཕ་ལོ་འདི་དག་གི་རིང་ལ་རྐང་ལག་ཀྱང་མི་བདེ་ལ། ཐང་ལ་འགྱེལ་སླ་བ་ཞིག་ཏུ་གྱུར། དེ་བས་ཀྱང་གལ་ཆེ་བ་ནི་ཁོས་ཆང་བཅད་ལ་དགོད་གཏམ་ཡང་བཤད་རྒྱུར་མི་དགའ་བར་གྱུར། དེར་མ་ཟད་ད་དུང་རལ་བ་ཆུང་ངུ་ཞིག་ལས་ནས‘ཁོ་ནི་ཆེང་ཆེན་པོའི་ཕྱི་རབས་པ་ཡིན’ཟེར། ”

ང་ཧ་ལས་ནས“ཆེང་ཆེན་པོའི་ཕྱི་རབས་པ”ནི་ཅི་ཞིག་རེད་ཅེས་དྲིས།

“ངའི་ཨ་ཕས་ཁོ་ནི‘ཆེང་ཆེན་པོ’ནས་ཡོང་བ་ཡིན་ཟེར། སྡེ་བའི་ནང་གི་མི་ཚང་མས་དེ་ཐོས་ནས་དངངས་སྐྲག་སྐྱེས། ‘ཁྱོད་སྐྱེ་ཚོགས་གསར་བའི་དུས་རབས་སུ་སྐྱེས་ཤིང་། ཏང་གི་དར་ཆའི་འོག་ནས་འཚར་ལོངས་བྱུང་བ་ཞིག’“ཆེང་ཆེན་པོའི”ཕྱི་རབས་པ་ཏུ་ཇི་ལྟར་གྱུར་པ་ཡིན། ཁོ་རྫོ་མ་ལོག་སྤྱོད་པ་ཞིག་རེད། ལུས་ལ་རྩལ་ནག་བཞུར་བ་ཞིག་བྱེད་ཅེས

ཟེར། ” ཁོ་ཚོས་དེ་ལྟར་འཇིགས་སྐུལ་ནའང་ཁོ་སྐྲག་རྒྱུ་སྤུ་ཙམ་ཡང་མེད་པར། ད་དུང་མཛུབ་མོ་གུག་ནས་ཁོ་ནི་དུས་ནམ་ཞིག་ལ་སྐྱེས་པ་རྩིས་པ་རེད། ཁོས་ཡང་ནས་ཡང་དུ་རྩིས་མཐར་ཁོ་ནི་དངོས་གནས་ཆིང་གི་ལོ་མཇུག་དེར་སྐྱེས་པ་ཞིག་ཏུ་གྱུར།

ང་ཡུན་རིང་ཞིག་ལ་ཁ་མ་གྲག་པར་བསྡད། རྒྱུ་མཚན་ནི་ངས་དོན་དག་འདི་འདྲ་ཞིག་འབྱུང་བ་སེམས་ལ་མ་དྲན། ཆིང་རྒྱལ་རབས་ཀྱི་ལོ་མཇུག་ཏུ་སྐྱེས་པ་ཞིག་ཡིན་ན། “ཆིང་ཆེན་པོའི་ཕྱི་རབས་པ”ཡིན་དགོས་པའི་ངེས་པ་མེད། ང་ཅུང་ཡིད་མ་ཆེས་མོད་འོན་ཀྱང་དགག་བྱེད་ཀྱི་ལུགས་མ་རྙེད།

“ཨེར་ཅིག”གིས“ངའི་ཨ་ཕས་དེ་ལྟར་བཤད་ན་ཆོག་མོད། འོན་ཀྱང་མི་གཞན་པ་ཞིག་ཡིན་ན་སྡ་མོ་ནས་བཟུང་ཡོད། ཚང་མས་ཁོ་ནི་སྟག་ཁྱིམ་ཞིག་ནས་སྐྱེས་པ་ཤེས་འདུག དེ་མིན་ད་དུང་ཁོ་ནི་མི་གཞུང་དྲང་ཞིག་ཀྱང་ཡིན་པས། ལོ་ལོན་ནས་གློ་བུར་དུ‘རྟགས་མཚན་བཙོས’པ་ལ་ཚང་མས་བདའ་འདེད་ཅི་ཡང་མི་བྱེད། ”

དོན་འདིས་ང་ལ་བག་ཆགས་ཟབ་མོ་ཞིག་བཞག དུས་དེ་ནས་བཟུང་ང་རང་གནད་དོན་གསར་བ་ཞིག་ལ་འཕྲད་པ་ནི། མིའི་སྐྱེས་ཁུངས་ལས་བསྐྱེད་པའི་གསང་བ་སྟེ། རང་ཉིད་གང་ཞིག་ཏུ་གཏོགས་ན་དུས་རྟག་ཏུ་དེ་རུ་གཏོགས་པ་མ་ཟད། ཚེ་གང་བོར་འགྱུར་བ་མེད་པ་ཞིག་ཡིན་པ་དང་། མི་ལོ་ལོན་ནས་གློག་བུར་དུ་སྤྱོད་ལམ་ལ་རྒྱུན་ལྡོག་བྱུང་ཚེ། དེར‘རྟགས་བཙོས’ཟེར་ཞིང་། དེ་ནི་ལྷས་ངན་པ་ཞིག་ཏུ་བརྩི་བ་རེད།

དོན་ཡ་མཚན་ཅན་འདི་དག་དངོས་སུ་མཐོང་སྐྱོང་བྱེད་ཆེད། ང་ཡང

“ཨེར་ཅིག”གི་རྗེས་འབྲངས་ནས་ཕོ་ཚང་ལ་སོང་། ཕོའི་ཨ་ཕས་ང་ཡར་སྟོན་ཐེངས་མང་ཞིག་ལ་རིག་སྒྱུར་མོད་སྐད་ཆ་བཤད་མ་སྒྱུར། ཡིན་ནའང་ཕོས་ང་ངོ་ཟིན་ཡོད་པར་ང་གདོན་མི་ཟ།

བགྲེས་པོས་མི་ངོ་མི་ཟིན་པ་སུས་ཀྱང་མ་ཤེས། ཕོས་ང་ལ་འཛུམ་དམུལ་དམུལ་གྱིས་བལྟས་ནས། “ཞི་ལི་ཁྱོད་གང་གི་ཡིན”ཞེས་དྲིས་བྱུང་། ངས་རང་ཉིད་ངོ་སྤྲོད་བྱས་པ་དང་མཉམ་དུ། བགྲེས་པོར་གཞན་དང་མི་འདྲ་ས་ཅི་ཞིག་ཡོད་པར་ཞིབ་ལྟ་བྱས། ཐོག་མར་ཕོའི་འཛུམ་མདངས་གཞན་དང་མི་འདྲ་སྟེ། བྱམས་བརྩེ་ཡིས་ཁེངས་འདུག རྒྱུ་མཚན་ནི་ངའི་མི་ཚེ་ཡི་ཉམས་མྱོང་ཕྲན་བུ་ཡི་ཁྲོད་དུ། གཞོན་ནུ་མ་ཚོར་ད་གཟོད་འཛུམ་མདངས་འདི་ལྟ་བུ་ཞིག་ཡོད་པས་ཡིན། ལྟོས་དང་། ཕོའི་ཁ་དང་མིག་ཁུར་ཚོས་ཚང་མ་རུ་འཛུམ་གྱིས་ཁེངས་ཡོད།

“ཨེར་ཅིག”གིས་ཕོ་ལ་ཡང་ནས་ཡང་དུ“ཕོ་ནི་ངའི་ཆེས་བཟང་བའི་གྲོགས་པོ་ཞིག་ཡིན། སྤར་སྐྱེ་བའི་ནང་དང་ཞུ་ཚང་ལ་ཐེངས་མང་པོར་ཡོང་སྒྱུར། ཁྱེད་ཀྱིས་ངོ་མི་ཤེས་སམ”ཞེས་བཤད་པར། རྒད་པོས“ཨོ་ཨོ”ཞེས་ཟེར་ནས་མགོ་བོ་ལྡེམ་ལྡེམ་བྱེད་ཅིང་། གད་མོ་ཤོར་ནས་ཁ་ནང་ནས་མཆུ་མའང་འཛག་བྱུང་།

ངས་བསམ་པར་ཁྲིས་པ་ཚོ་ད་གཟིད་བགད་ནས་ཁ་མཆུ་འཛག་པ་ཡིན་པར་འདོད། འདི་ཡང་རྒྱུན་ལྡན་མིན་པའི་དཔང་རྟགས་ཤིག་ཡིན། ང་རྒད་པོའི་རྒྱབ་ཏུ་སོང་བ་ན་སླར་ཡང་ཏ་ལས་པ་ཞིག་བྱུང་། ངས་ཕོའི་ལྟག་གོར་ཏུ་རལ་བ་ཕྲ་མོ་ཞིག་ལས་ཡོད་པ་མཐོང་ནས། ཨམ་ཅམ་མིན་ན་སྐད་ཤོར་བ་རེད། རལ་བ་དེ་ཤིན་ཏུ་མི་མཛེས་ཏེ་མཛུབ་མོ་ཙམ་ལས་མེད་

ཅིང་། ཕྲ་ཞིང་སྐམ་ལ་རྩ་ཕུང་རྣེད་པ་ཞིག་དང་འདྲ། ངས་བཟོད་བསྲན་མ་ཐུབ་པར་ཁོའི་ངོ་ལ་བལྟས་ནས“ཨ་མྱེས་ལགས། ཁྱེད་ཉིད་གཞོན་ནུ་མ་ཞིག་མིན་པས། རལ་བ་ཕྲ་མོ་ཞིག་ལས་པའི་རྒྱུ་མཚན་ཅི་ཡིན”ཞེས་དྲིས།

རྒད་པོས་མིག་འཛུམ་ཙམ་བྱས་ནས་བགད་བྱུང་། ཁོས་ང་ལ་མཛུབ་མོ་བཙུགས་ནས་བཤད་རྒྱུར། “ཁྱོད་ཚོ་བྱིས་པ་ཚོས་ཤེས་ནི་མ་རེད། སྡེ་བའི་ནང་གི་རྒན་པ་ཚོས་ཀྱང་ཤེས་ནི་མ་རེད། ང་ནི‘ཆིང་ཆེན་པོའི་ཕྱི་རབས་པ’ཡིན། སྐབས་དེར་ང་ཚོ་ཚང་མས་རལ་བ་འཛོག་དགོས། མི་ཞིག་ཡིན་ན་གང་ནས་ཡོང་ན་ཕྱིར་དེར་འགྲོ་དགོས་པས། ང་ཡང་ཕྱིར‘ཆིང་ཆེན་པོར’འགྲོ་དགོས”ཟེར།

ངའི་སེམས་པ་ལྡིང་ཧྲིག་སེ་སོང་ཞིང་། སློ་བུར་དུ“ཤི་བ”ཞེས་པའི་ཚིག་དེ་དྲན་པ་དང་། ངས་ཁོས་ཚིག་དཀྱིགས་ནས་བཤད་པ་སྟེ། དོན་ནི་འཆི་བ་ཡིན་པ་གོ་སོང་། ‘དེ་དང་ཆབས་ཅིག་ཏུ་ངས་ད་དུང་རྒད་པོའི་མིག་ལ་ཞིབ་བལྟ་ཞིག་བྱས་པ་སྟེ། མིག་འབྲས་ནི་རྗེ་ལྟར་སྲ་ཞིང་སྐྱ་པོར་གྱུར་ནས། ཁྱི་ཕྲུག་ཅིག་གི་མིག་དང་འདྲ། ངའི་སེམས་ནས་སྡེ་བའི་ནང་གི་རྒན་པ་ཚོའི་བཤད་པ་འཆུག་མེད། ཁོ་དངོས་གནས་ང་ཚོ་དང་གཏན་བྲལ་བྱེད་རྒྱུ་རེད་འདོད།

“ཨེར་ཅིག”གི་ཕ་དང་ཁ་བྲལ་སྐབས། རྒད་པོས་ཕུ་ཐུང་གིས་སྣབས་ཚུ་འབྱིད་ཞོར་དུ་ང་ལ་སྐྱིལ་མ་བྱས་ནས། སྡེ་བའི་འདབས་སུ་ཐོན། ང་ཐག་རིང་ཞིག་ལ་སོང་ནས་ཕྱིར་བལྟས་ཚེ་རྒད་པོས་ད་དུང་ང་ལ་རྒྱང་བལྟ་བྱས་ནས་བསྡད་ཡོད། རེ་ཞིག་ལ“ཨེར་ཅིག”རྒྱུག་ཡོང་ནས་རྣ་རྩར་བཅར་ཏེ་སྐད་དམའ་མོས། “ཅི་འདྲ་རེད། ངས་བཤད་པ་འཆུག་མེད་ལ་གཟིགས།

ངའི་ཨ་ཕ་ད་འཚེ་ལ་ཉེ”ཞེས་བཤད།

ང་ལ་སེམས་སྡུག་ཅིག་འཁོར་བྱུང་སོང་། འོན་ཀྱང་བསམ་ཚུལ་ངོ་མ་དེ་བཤད་མི་འདོད་པར་གྱུར། ངས་མགོ་བོ་གཡུག་ཞོར་དང་ལྗིམ་ཞོར་བྱས་ནས་ཁ་ཕྱིར་འཁོར་ཏེ་ཐད་པོར་བལྟས།

“ཨེར་ཅིག”གིས། “ངའི་ཨ་ཕ་ལམ་དུ་འགྲོ་སྐབས་ཆུ་ཐོག་ནས་འགྲོ་བ་ཞིག་དང་འདྲ་བ་ཁྱོད་ཀྱིས་མཉམ་ཨེ་བཞག”ཟེར།

ངོན་ངོ་མས་བཤད་ན། འདི་ངས་མཐོང་མ་བྱུང་།

ང“ཨེར་ཅིག”གི་ཨ་ཕ་ལ་བལྟ་རུ་སོང་ནས་ཏ་ལམ་ཐྣ་གཅིག་ལྟག་འཁོར་རྗེས། ཐད་པོ་ཤི་སོང་བ་རེད།

བཟའ་ཚང་སྒྲིག་པ།

ལོ་བཅོ་ལྔ་དང་བཅུ་དྲུག་གང་ཡིན་པ་མི་དྲན་པར། སྐབས་དེར་ངས་བཟའ་ཚང་སྒྲིག་པ་རེད། “བཟའ་ཚང”ནི་ཆུང་མ་ལ་ཟེར། དེ་ནི་ཇི་འདྲའི་ངོ་གནོངས་དགོས་པ་ཞིག་དང་སྐྱིག་ནས་དགའ་དགོས་པ་ཞིག་ཡིན་མོད། འོན་ཀྱང་ངས་སེམས་ནས་དང་ལེན་བྱེད་མ་ཐུབ། ཕྱིས་སུ་ཐ་ན་སྐྲག་དགོས་པའང་བྱུང་།

དོན་འདི་ནི་སློབ་གྲྭའི་ནང་ནས་བྱུང་བ་ཞིག་མིན། རྒྱུ་མཚན་ནི་སློབ་གྲྭ་རུ་དོན་དེ་འདྲ་ཆེན་པོ་ཞིག་འབྱུང་མི་སྲིད་དེ། དགེ་རྒན་དང་སློབ་མ་ཚོ་ཚང་མ་བག་ཆགས་ཚུལ་ལྡན་གྱིས་སློབ་ཐུན་འཚོགས་པ་དང་ཚོགས་ཐུན་གྲོལ་བ་ཡིན་པས། དོན་ངན་པ་ཏ་ལམ་འབྱུང་མི་སྲིད།

འདི་ནི་སློབ་གྲྭའི་དབྱར་གནང་གི་སྐབས་ཀྱི་དོན་དག་ཅིག་ཡིན། ང་ཚོ་སློབ་གྲོགས་ཚོ་ཚ་འཁྱོལ་གནང་བ་བཏང་ཆེ་མཉམ་དུ་ནགས་རའི་ཁང་དང་སྐྱིད་ཚལ་ཁང་། མཚོ་འགྲམ་བཅས་སུ་སོང་ནས་སྤྲོ་སྐྱིད་ཀྱིས་རྩེད་འཛེ་བྱས་ཚོག དབྱར་ཁར་གནང་བ་གཏོང་བ་ལ“ཚ་འཁྱོལ་གནང་བ”ཟེར། སྔོ

མོས་དབྱར་གཞུང་དུ་གནང་བ་གཏོང་བ་ཡིན་པས“ཚ་འཁྱོལ”ཟེར།

ནགས་རའི་ཁང་དུ་ཏུས་བན་ཡིན་པའི་ཞི་མོ་ཞིག་ཡོད་པ་ངའི་འདུག་གྲོགས་བྱས་སྡོང་། ཁྱིས་སུ་འདུག་ས་བཏྲེ་བས་སོ་སོར་གྱེས་སོང་། ང་ཚོ་འདུག་གྲོགས་ཡིན་དུས་འབྲེལ་བ་ཤིན་ཏུ་བཟང་། མོས་ང་ལ་འཁྱིག་སྤུབ་དང་ཚོན་སྨྱུག་བྱིན་སྡོང་ལ། ངས་ཀྱང་ཁོ་མོར་ཚོན་ཁྲ་ཡོད་པའི་མགྲོན་སྐོགས་ཞིག་བྱིན་པ་ཡིན། ང་ཚོ་ཁ་ཐོར་རྗེས་ང་རང་སྐྱོ་བས་ཁེངས་སོང་།

ཁོ་མོའང་སྐྱིད་པོ་མ་བྱུང་སྟེ། ཐེངས་ཤིག་ལ་སློབ་གསེང་གི་རྩལ་སྦྱོང་དུས་སུ། ང་ལ“ངའི་འདུག་གྲོགས་གསར་བས་བ་སླང་ལྟར་དབུགས་འཁྱིན་རྫུབ་བྱེད་པ་རེད”ཅེས་བཤད་པ་དང་། ང་རང་ཧ་ཅང་ཡིད་ཚིམ་ནས་རེམ་མར“འོ་ན་ངའི་དབུགས་འཁྱིན་རྫུབ་ནི་ཅི་ཞིག་དང་འདྲ”ཞེས་དྲིས་པ་ན། མོས་འདང་ཞིག་བརྒྱབ་ནས“ཧ་ལམ་ལུག་གུ་ཞིག་དང་འདྲ”ཞེས་ལན་བཏབ། ང་ཤིན་ཏུ་ཡིད་ཚིམ་སོང་། རྒྱུ་མཚན་ནི་ང་ལུག་ལ་དགའ་བའི་རྐྱེན་གྱིས་སོ།།

གནང་བའི་སྐབས་སུ་ཚང་མ་མཚོ་འགྲམ་དུ་སོང་ནས་རྩེ་བ་ཡིན། དེ་གར་རྒྱུན་དུ་མི་ལ་ལ་གཅེར་བུར་བྱས་ནས་ཆུ་རྐྱལ་གཏག་པ་ཡིན་པས། ངས་བན་སློབ་གྲོགས་ལ་ཁྱོད་དེ་ཏུ་འགྲོ་མི་འོས་ཞེས་གྲོས་གཞི་བཏོན་པ་ཡིན། ཚང་མ་རྒྱུག་སོང་བ་དང་ཤུལ་དུ་ང་དང་བན་སློབ་གྲོགས་མ་གཏོགས་མེད་དེ། ངེད་གཉིས་བྱེ་ཐང་དུ་སྡན་ནས་གནམ་ལ་བལྟས་པ་ཡིན། ནམ་མཁར་སྐབས་འགར་བྱིའུ་ཚུང་གྲག་བཞིན་འཕུར་བ་མཐོང་བ་དང་། མོས་ང་ལ“ཇོ་མ་སྐྱན་པོ་རེད། ཁོ་ལ་ཐང་ཆད་རྒྱུ་མེད་པའི་རྒྱུ་མཚན་ཅི་ཡིན་ནམ”ཞེས་བཤད་པར། ངས་ཁོ་ལ“བྱིའུ་ཚུང་དགའ་ཡོད་པས་ཐང་མི་ཆད།

དགའ་འོས་པའི་དོན་ཞིག་ཡིན་ན། དེ་ལས་པར་ཐང་ཆད་པའི་ཚོར་སྣང་མེད”ཅེས་བཤད། བན་སློབ་གྲོགས་ཀྱིས་རེ་ཞིག་ལ་འདང་བརྒྱབ་རྗེས། “ཁྱོད་ཀྱིས་བཤད་པར་ངོ་མ་གནས་ལུགས་ཡོད”ཅེས་ཟེར།

“གནས་ལུགས”ཞེས་པའི་ཚིག་འདི་དགེ་རྒན་གྱིས་སློབ་སྐབས་སྔོན་མར་ང་ཚོར་ཁྲིད་པ་ཡིན་ལ། དེ་རིང་བན་སློབ་གྲོགས་ཀྱིས་ང་ལ་བཤད་བྱུང་བས། ངའི་ངོ་དམར་པོར་གྱུར་སོང་། ཕོ་མོ་ངའི་རྩེབ་ཏུ་བཅར་ནས་བལྟས་པས་ངའི་ངོ་ལྷག་ཏུ་དམར་པོར་གྱུར།

གལ་ཏེ་དུས་ལྟར་རང་གི་ངོ་དམར་པོར་འགྱུར་བ་འགོག་ཐུབ་ན་ཅི་མ་རུང་སྙམ་སོད། འོན་ཀྱང་དེ་ནི་ཤིན་ཏུ་དཀའ་མོ་ཞིག་རེད། ངའི་ངོ་ཇི་ལྟར་དམར་པོར་གྱུར་མི་འདོད་ཚེ་དེ་ལས་ལྡོག་སྟེ་ངོ་ལྷག་ཏུ་དམར་པོར་འགྱུར་བ་རེད། ང་ཡར་འཁོར་བ་ཡིན་རུང་ངོ་ནི་མེ་ཡིས་སྲེག་པ་ལྟར་ཚ་ལམ་ལམ་བྱེད། སྟབས་མི་ལེགས་པ་ཞིག་ནི་སྐབས་དེར་མི་ཚང་མ་མཚོ་འཁྲམ་ནས་ཕྱིར་ལོག་པ་རེད། ཕོ་ཚོར་དགོད་སྒྲས་ཁེངས་ཤིང་། ཀྲུ་སྙེ་འཕེན་མཁན་ཚོས་ཉ་མོ་ཇི་ལྟར་བཟུང་བའི་ཚུལ་གླེང་བཞིན་ཡོད། ཕོ་ཚོའི་དགོད་སྒྲ་གློ་བུར་དུ་མཚམས་ཆད་ནས། ང་དང་སློབ་གྲོགས་བན་གཉིས་ལ་བལྟས་འདུག ཏ་ལམ་སྐར་མ་བཞི་ལྔ་ཞིག་འགོར་རྗེས། “ཏེ་ཏན་ཐོས”ཟེར་བའི་སློབ་གྲོགས་དེས་འདྲི་ངོ་ཞིག་བསྟན་ནས། “ངོ་མ་བཟའ་ཟླ་གཉིས་དང་འདྲ་བར། གསང་གཏམ་བཤད་བཞིན་ཡོད”ཅེས་ཟེར།

ད་ནི་སློབ་གྲོགས་ཡོངས་ཀྱི་ཏབ་ཆ་བསླངས་སོང་། ལ་ལས་ཐལ་མོ་རྡེབ་པ་དང་ལ་ལས་ཧང་རྟགས་བྱེད། ལ་ལས་ཁ་ཤུ་རྒྱག་པ་རེད།

ཉིན་གང་པོར་ང་རང་མི་བདེ་བར་གྱུར་ཞིང་། སློ་འཁྱོད་སྐྱེས་པ་དང་

འདི་ནི་སློབ་གྲྭའི་དབྱར་གནང་གི་སྐབས་ཀྱི་དོན་དག་ཅིག་ཡིན། ང་ཚོ་སློབ་གྲོགས་ཚོར་ཚ་འགྲོལ་གནང་བ་བཏང་ཚེ་མཉམ་དུ་ནགས་རའི་ཁང་དང་སྐྱིད་ཚལ་ཁང་། མཚོ་འགྲམ་བཅས་སུ་སོང་ནས་སྤྲོ་སྐྱིད་ཀྱིས་རྩེད་འཛོ་བྱས་ཚོག དབྱར་ཁར་གནང་བ་གཏོང་བ་ལ“ཚ་འགྲོལ་གནང་བ”ཟེར། རྒྱ་མོས་དབྱར་གཞུང་དུ་གནང་བ་གཏོང་བ་ཡིན་པས“ཚ་འགྲོལ”ཟེར།

ངོ་གནོངས་པར་གྱུར། ས་སྒོས་ཀྱི་དུས་སུ་སློབ་པ་ན་ང་ད་གཟོད་ཅུང་དགའ་བ་བྱུང་། ངས་དགའ་བ་དེ་ཕྱི་རུ་མངོན་མི་ནུས་ལ། སེམས་སུ་སློབ་གྲོགས་བན་ཡང་དགའ་ཡོད་པར་འདོད་དེ། གང་ལྟར་མོས་ང་ལ་མིན་བདག་མ་བྱས།

ས་རུབ་སྐབས་ང་གཅིག་པུ་ཁྱིམ་ནས་བསྡད་མི་འདོད་པས། ནགས་ཚལ་གྱི་འདབས་སུ་འཁྱམ་འཁྱམ་ལ་སོང་། ནམ་མཁའི་སྐར་མ་ཤིན་ཏུ་ཆེ་ཞིང་ཟླ་བ་ད་དུང་ཤར་མེད། ང་རང་སྟོང་ཀྲན་ཞིག་གི་རྩ་ནས་བན་སློབ་གྲོགས་ཀྱི་མིག་དང་རྫི་མ། ཁ་བཅས་དྲན་བཞིན་བསྡད། ང་ནི་མོའི་ཁ་ཆུང་མཆུ་རྫེ་དེ་ལ་ཤིན་ཏུ་དགའ། ངའི་སེམས་སུ་མི་ཚེ་གང་པོར་དོན་ཆེན་རེ་འགའ་འགྲུབ་ཡང་སྲིད་པར་འདོད། མ་གཞིར་བསམ་མེད་དབང་མེད་དུ་བྱུང་བ་རེད།

ནགས་རའི་ཁང་དང་སྐྱིད་ཚལ་ཁང་། དེ་མིན་ད་དུང་ཉེ་འདབས་ཀྱི་སྡེ་བ་བཅས་སུ་མི་ལ་ལས་མགྱོགས་མྱུར་དུ་ང་དང་སློབ་གྲོགས་བན་གཉིས་བཟང་བ་ཤེས་འདུག ཉིན་ཞིག་ལ་ངས“ཨེར་ཅིག”བཙལ་ནས་རྩེ་རུ་འགྲོ་དུས། སྡེ་བའི་ནང་དུ་ཐོན་མ་ཐག་ལྷན་མཐིལ་རྩིག་བཞིན་པའི་ཀྲན་མོ་ཞིག་ལ་འཕྲད། ཁོ་ཚོས་འཕིག་གིས་ང་ལ་བསྟན་ནས་ཤུབ་ཤུབ་ཀྱིས་གླེང་བཞིན་འདུག་ལ། ངས་ཀྱང་བན་སློབ་གྲོགས་ཀྱི་མིང་གླེང་བ་ཐོས་བྱུང་བས། འཕྲལ་མར་བཞུད་སོང་། འོན་ཀྱང་ཐག་རིང་ཞིག་ལ་མ་ཐོན་གོང་དུ་འཐེན་ཀྲད་པོ་ཞིག་གིས་ང་བཀག་ནས། གདོང་བར་རེག་རེག་བྱེད་ཞོར་དུ་ཞིབ་བལྟ་ཞིག་བྱས་ཏེ། “ཁྱོ་ཐོས་ལྟར་ན་ཁྱོད་ལ་བཟའ་ཚང་ཡོད་ཟེར། འདི་འདྲའི་མགྱོགས་པ་ལ། དེ་ལྟར་ན་མི་བཟང་རྒྱུ་ཡང་མེད”ཟེར།

དེ་ནས་ང་སྡེ་བའི་གཞུང་ཐུར་དུ་འགྲོ་མ་ཐོད་པར་ཕྱིར་ཁྱིམ་ལ་ལོག ལམ་ཧྲིལ་པོར་སེམས་སུ་ད་ཅི་བྱ། དོན་དག་ཇེ་ཆེར་སོང་འདུག བཟའ་མི་ཚོས་ཤེས་ན་གཤེ་གཤེ་གཏོང་བ་དང་། དེ་བས་ཀྱང་སྐྲག་པ་ནི་ཨ་ཕས་ངའི་རྣ་ཅོག་ནས་བཅོར་ངེས་ཡིན། ངའི་རྣ་ཅོག་ནི་སློབ་གྲོགས་གཞན་པ་ལས་ཆེ་སྟེ། ཨ་ཕས་རྒྱུན་དུ་འཐེན་པའི་རྐྱེན་གྱིས་ཡིན་ཤས་ཆེ།

ཙུང་ལེགས་པ་ནི་བཟའ་མི་ཚོས་གནས་སྐབས་སུ་ད་དུང་ཅི་ཡང་མི་ཟེར་བས། ངའི་སེམས་ཙུང་བདེ་བར་གྱུར།

དེའི་འཁོར་གྱི་བྱ་བ་ནི་བན་ཁོ་ཡི་ལྟ་ཚུལ་ལ་རྒྱུས་ལོན་བྱེད་རྒྱུ་དེ་ཡིན། ང་ལ་གློ་བུར་དུ་མིག་སྔར་གྱི་ཆེས་གལ་ཆེ་བ་ནི་དོན་དག་འདི་ཡིན་པའི་ཚོར་སྣང་སྐྱེས། གནམ་ཀན་མ་ལགས། མོའི་ལྟ་ཚུལ་ནི་ཇི་འདྲའི་གལ་ཆེ་བ་ཞིག་རེད་ཨང་།

ང་བན་ཁོ་ཚང་ལ་འགྲོ་འདོད་སྐྱེས་མོད། འོན་ཀྱང་འགྲོ་མི་ཐོད། ང་ཁོ་ཚང་གི་ཐག་ཉེ་ས་ནས་འཁྱམ་འཁྱམ་བྱས་ཏེ་ཉིན་གསུམ་འགོར། ཉིན་བཞི་པར་ཁོ་མོ་སྒོར་བུད་བྱུང་བ་དང་ཐོན་མ་ཐག་གནམ་ལྡིང་ས་ལྡིང་བྱེད། བལྟས་ཚོད་ལ་ཧ་ཅང་དགའ་འདུག ང་མྱུར་དུ་སོང་ནས་མོའི་སྔུན་བསུས་མོད། འོན་ཀྱང་མོས་ང་མཐོང་མ་ཐག་འཕྲལ་དུ་མི་དགའ་བར་གྱུར། ཡིན་ནའང་མོ་ལམ་ཕྱོལ་མི་བྱེད་པར་དལ་གྱིས་ང་སར་འོངས།

ང་ཚོ་མཉམ་དུ་སྡོང་ཀན་ཞིག་གི་རྩ་ནས་ལངས་བསྡད། ངས་ལོ་མ་རེ་རེ་བཞིན་བཏོག་ནས་རྩེ་ཞོར་ཁ་གྲག དེ་ལྟར་ཡུད་ཙམ་འགོར་རྗེས། བན་ཁོས་མགོ་བོ་བཀུག་ནས་ང་ལ་བལྟས་འདུག ངའི་ངོ་འཕྲལ་དུ་དམར་པོར་གྱུར། ཁོ་མོ་འཛུམ་དམུལ་དམུལ་བྱས་ཤིང་ངས་མ་མགལ་སོ་ལ་བཅངས།

ས་ཏུབ་སྐབས་ང་གཅིག་པུ་ཁྱིམ་ནས་བསྡད་མི་འདོད་པས། ནགས་ཚལ་གྱི་འདབས་སུ་འཁྱམ་འཁྱམ་ལ་སོང་། ནམ་མཁའི་སྐར་མ་ཤིན་ཏུ་ཆེ་ཞིང་ཐླ་བ་ད་དུང་ཤར་མེད། ང་རང་སྡོང་རྐན་ཞིག་གི་རྩ་ནས་བན་སློབ་གྲོགས་ཀྱི་མིག་དང་རྫི་མ། ཁ་བཅས་དྲན་བཞིན་བསྡད། ང་ནི་མོའི་ཁ་ཆུང་མཆུ་རྗེ་དེ་ལ་ཤིན་ཏུ་དགའ། ངའི་སེམས་སུ་མི་ཚེ་གང་པོར་དོན་ཆེན་རེ་འགའ་འབྱུང་ཡང་སྲིད་པར་འདོད། མ་གཞིར་བསམ་མེད་དབང་མེད་དུ་བྱུང་བ་རེད།

མཐར་སྤོབས་པ་ཆེན་པོས“ཚང་མས་ང་ལ‘བཟའ་ཚང’ཡོད་ཟེར་གི ངོ་མ་ལན་ཆགས་ཤིག་རེད”ཅེས་བཤད།

བན་ཁོས་དགོད་མཚམས་བཞག་ནས་བཤད་རྒྱུར། “‘བཟའ་ཚང’ཡོད་ཟེར་ན་ཅི་རེད། ཁྱོད་སྐྲག་པ་ཡིན་ནམ”ཟེར།

ང་ཧད་སོང་ལ། འཕྲལ་དུ“སྐྲག་དོན་མེད། ངས་ཆེས་འདོད་པ་དེ་ཡིན། ང་ཐོག་མ་ནས་སྐྲག་གི་མེད”ཅེས་ལན་བཏབ།

“ཁྱོད་ངའི་ཅི་ལ་དགའ། ”

“ཁྱོད་ཀྱི་ཁ་ཆུང་ཆུང་། ”

བན་པོ་མ་དགའ་བའི་མདོག་བསྟན་ནས། “ཁ་གཅིག་པུ་ཡེ”ཞེས་བཤད།

ངས་འཕྲལ་དུ“དེ་འདྲ་མིན། ཁྱོད་ཀྱི་ཡོད་ཚད་ལ་དགའ། ‘བན་པོ། ’ ཁྱོད་ཀྱི་ཕ་མས་ཤེས་ན་ཁྱོད་ལ་གཅར་བ་ཡིན་ནམ”ཞེས་དྲིས།

བན་ཁོས་ཧབ་ཆ་བརྒྱབ་ནས། “ཕོ་ཚོས་མི་ཤེས། ཕོ་ཚོར་མ་བཤད། སང་ལོར་ད་ཕོ་ཚོར་བཤད། ཕོ་ཚོས་དྲིས་རུང་འུ་གཉིས་ཀས་ཁས་མ་ལེན། སང་ལོར་ད་གཟོད་ཕོ་ཚོར་བཤད་ཡ། སང་ལོ” ཞེས་ནན་བཤད་བརྒྱབ།

མོའི་སྤོབས་པ་ངོ་མས་ཆེན་པོ་འདུག ངས་སེམས་གཏིང་ནས་ཁས་ལེན་བྱས་སོང་། བཟང་གི་ཡ། ང་ཡི‘བཟའ་ཚང’ལགས། ངོ་མ་བཟང་གི ང་ལ་དེ་འདྲ་སྤོབས་པ་དང་ཡིད་ཆེས་སྐྱེས། ཡིན་ནའང་ཕོ་སྐྱེས་རབས་ཤིག་ཡིན་པའི་ཆ་ནས་དེང་ཕྱིན་དང་ལེན་ཞིག་ཡོད་དགོས་ཏེ། “བཟའ་ཚང”ཡོད་པ་དང་མེད་པ་གཉིས་མི་འདྲ་བས་སོ།།

ལྷེ་ཏིག་ཏིག་དང་འགན་ལེན་བྱེད་འདོད་པའི་འགན་འཁྲི་ཞིག་ཉིན་དེ་

ནས་བཟུང་ངའི་ཕྲུག་དུ་བབས་པ་ཡིན།

ཚ་ཐབ་དང་ཞི་ལ།

"ཁྱི་ཐང་ནས་ཉལ་བ་དང་། ཞི་ལ་ཚ་ཐབ་ཐོག་ནས་ཉལ་བ་རེད།" འདི་ནི་རྨོ་མོས་རྒྱུན་དུ་བཤད་པའི་སྐད་ཆ་ཞིག་ཡིན། མོའི་དོན་ནི་ཞི་ལ་དང་ཁྱི་ནི་སྲོག་ཆགས་རིགས་མི་འདྲ་བ་གཉིས་ཡིན། དེ་དག་གསོ་བ་ལ་རྩ་དོན་ཡོད་དགོས་པ་ལས། གང་བྱུང་བྱེད་མི་རུང་ཞེས་པ་དེ་ཡིན། དཔེར་ན་ཁྱི་ཚ་ཐབ་ཐོག་ཏུ་བུད་ན་མོས་འཕྲལ་དུ་གཤེ་གཤེ་ནན་མོ་བཏང་ནས། ཁྱི་དེ་རིམ་མར་ཐང་ལ་འབབ་ཏུ་འཇུག་པ་དང་། དེ་མིན་ན་ཁྱི་ལ་གཅར་བ་རེད། ཞི་ལ་ཚ་ཐབ་ཐོག་ནས་གུག་སྐྱེ་ཉལ་རུང་མོས་མི་འདོད་པའི་མདོག་བསྟན་མ་མྱོང་། སྐབས་འགར་རང་རྟོགས་ཀྱིས་ཞི་ལ་པང་ནས་ཚ་ཐབ་ཐོག་ཏུ་འཇོག་སྲིད།

དུས་རེ་ཞིག་ལ་ང་སློབ་གྲྭའམ་ནགས་རའི་ཁང་ནས་ཕྱིར་ཁྱིམ་ལ་ལོག་དུས། ཐོག་མའི་ལས་ཀ་ནི་ཚ་ཐབ་ཐོག་ཏུ་ཞི་ལ་ཡོད་མེད་ལ་བལྟ་བ་དེ་ཡིན། རྒྱུ་མཚན་ནི་ཞི་ལ་ཚ་ཐབ་ཐོག་ནས་གུག་ཉལ་བྱེད་པའི་རྣམ་པ་དེར་ལོབས་སོང་བ་དང་། དེ་ནི་རྒྱུན་ལྡན་ཞིག་ཡིན་པར་འདོད་པའི་རྐྱེན་གྱིས་སོ།། དོན་དངོས་སུ་ཞི་ལ་ལའང་རང་གི་ལས་ཀ་ཞིག་ཡོད་པ་ཡིན། ཞི་ལ་རྒྱུན་པར་ཁྱིམ་དུ་མེད་ལ་ཚ་ཐབ་ཐོག་ཏུའང་མེད་དེ། ནགས་རའི་ཁང་དང་ས་ཆ་གཞན་པར་སོང་ནས་ལས་ཀ་ཞིག་ལས་བཞིན་ཡོད། ཞི་ལ་གཙོ་བོར་རྩེ་

རྒྱུར་དགའ་ཞིང་དེ་ནས་ཕྱིའི་འཇིག་རྟེན་ལ་རྒྱུས་ལོན་བྱེད་རྒྱུ་དེ་ཡིན།

ངས་ཞི་ལའི་དགའ་ཕྱོགས་ནི་ང་ཚོ་གྲོགས་པོ་ཆུང་ཆུང་ཚོའི་དགའ་ཕྱོགས་དང་ཧ་ལམ་འདྲ་བ་རྟོགས། དཔེར་ན་ནགས་རའི་ཁང་དང་སྐྱིད་ཚལ་ཁང་། སྡེ་བ་སོགས་ལྟ་བུ། ཁོ་དུས་ལྟར་ས་ཆ་དེ་དག་ཏུ་འཆམ་འཆམ་ལ་མ་སོང་ཚེ་སུན་སྣང་སྐྱེས་སྲིད། ཁོ་ད་དུང་ཞི་ལ་གཞན་པ་ཁ་ཤས་དང་འཛིང་རེས་བྱེད་པས། ང་ཚོ་དང་ཐལ་ཆེར་འདྲ།

ཞི་ལ་ནི་དུས་ཚོད་ལྟར་ཁྱིམ་ལ་ལོག་ནས་ཚ་ཐབ་ཐོག་ཏུ་ཉལ་བ་ཡིན། དུས་དེར་ཁོ་ཤིན་ཏུ་ཚུལ་ལྡན་ཞིག་ཡིན་པ་དང་། གང་བྱུང་མང་བྱུང་གཏན་ནས་བྱས་མ་མྱོང་བ་དང་འདྲ་སྟེ། རྣམ་འགྱུར་ཤིན་ཏུ་གཟབ་ནན་ཡིན། ང་སྐབས་འགར་དེ་དང་མཉམ་དུ་ཚ་ཐབ་ཐོག་ཏུ་བསྡད་ནས། དུས་ཡུན་རིང་པོ་ཞིག་ལ་དེའི་གཟབ་ནན་ཡིན་ལ་ཅུང་སེམས་སྐྱོ་བའི་ངོ་ལ་བལྟས་ཏེ། སྟོབས་ཀྱིས་བཟོད་བསྲན་བྱས་མཐར་ད་གཟོད་གད་མོ་མ་ཤོར་བ་ཡིན། དེས་དོན་དག་གལ་ཆེན་ཅི་ཞིག་ལ་བསམ་བློ་གཏོང་བ་ཡིན་ནམ། དེའི་རྣམ་འགྱུར་གཟབ་ནན་དེའི་དབང་གིས་ངས་ཞི་ལ་པང་དུ་བཟུང་ནས་རྩེད་འཇོ་བྱེད་མ་ཐུབ།

ཞི་ལས་མགོ་བོ་སླད་ནས་བསམ་གཞིག་གཏོང་སྐབས། ང་ཚོ་ཚང་མས་ཁས་ལེན་བྱེད་དགོས་པ་ནི། ཁོའི་སེམས་ཁྲལ་བྱེད་ས་ཤིན་ཏུ་མང་བ་རེད། ཁོས་འཇིག་རྟེན་གྱི་བྱ་གཞག་གལ་ཆེན་ལ་བསམ་མནོ་གཏོང་བཞིན་ཡོད་ཀྱང་སྲིད། ཁོ་ནི་བློ་རིག་ལྡན་པའི་རྒད་པོ་ཞིག་དང་འདྲ་བར། སྨ་ར་རིང་པོ་སྐྱེས་ཡོད་པ་དང་། ནམ་ཡིན་ཡང་མིག་བཙུམ་ནས་སྡོད་པ་ཡིན། ངས་ཚ་ཐབ་ཐོག་ཏུ་སླན་ནས་ཁ་གཏད་དུ་བལྟས་ཤིང་། སྐབས་འདིར་ཁོས་ང་

ཞི་ལས་མགོ་བོ་སྨད་ནས་བསམ་གཞིག་གཏོང་སྐབས། ང་ཚོ་ཚང་མས་ཁས་ལེན་བྱེད་དགོས་པ་ནི། ཁོའི་སེམས་ཁྲེལ་བྱེད་ས་ཤིན་ཏུ་མང་བ་རེད། ཁོས་འཇིག་རྟེན་གྱི་བྱ་གཞག་གལ་ཆེན་ལ་བསམ་མནོ་གཏོང་བཞིན་ཡོད་ཀྱང་སྲིད། ཁོ་ནི་བློ་རིག་ལྡན་པའི་རྒད་པོ་ཞིག་དང་འདྲ་བར། སྨྲ་ར་རིང་པོ་སྐྱེས་ཡོད་པ་དང་། ནམ་ཡིན་ཡང་མིག་བཙུམ་ནས་སྡོད་པ་ཡིན། ང་ཚ་ཐབ་ཐོག་ཏུ་སླེབ་ནས་ཁ་གཏད་དུ་བལྟས་ཤིང་། སྐབས་འདིར་ཁོས་ང་ལ་ཁ་ཡ་ཅི་ཡང་མི་བྱེད་པར། སྐབས་སྐབས་སུ་མིག་ཕྱེད་བཙུམ་བྱས་ནས་ང་ལ་བལྟ་ཙམ་བྱས་རྗེས། སླར་ཡང་མིག་བཙུམ་ནས་བསམ་གཞིག་བྱེད་པ་རེད།

ལ་ཁ་ཡ་ཅི་ཡང་མི་བྱེད་པར། སྐབས་སྐབས་སུ་མིག་ཕྱེད་བཙུམ་བྱས་ནས་ང་ལ་བལྟ་ཙམ་བྱས་རྗེས། སླར་ཡང་མིག་བཙུམ་ནས་བསམ་གཞིག་བྱེད་པ་རེད།

ངས་ཞི་ལས་དེ་ལྟར་ལུ་མཐུད་དུ་གཟབ་ནན་བྱེད་པར་མ་བཟོད་པས། ཞི་ལ་འཐད་པ་ཡིན་མིན་ལ་བསམ་བློ་མ་བཏང་བར་ང་རང་ཞི་ལ་དང་མཉམ་དུ་རྩེས་པ་སྟེ། ཞི་ལའི་སྣ་ནས་འཚོར་འཚོར་བྱེད་པ་མིན་ན། ཞི་ལའི་ཐོད་པར་འོ་རེ་བྱས། ཡང་མིན་ན་སྙི་ཞིང་ཆུང་བའི་ལག་པ་ནས་འཇུས། འཛིག་རྟེན་འདིར་སུ་ཞིག་གི་སྣ་བོ་ཞི་ལ་ལས་ཀྱང་མཛེས་པ་ཡིན་ནམ། ཟླུམ་ཞིང་དྲང་ལ་སྒྲུ་སོབ་སོབ་ཅིག་ཡིན། དེ་ལ་བྱིལ་བྱིལ་བྱས་ན་མཛེས་སྡུག་ཡིད་འོང་གི་རེག་ཚོར་ཞིག་སྐྱེར་བ་རེད། གལ་ཏེ་ཁྱོད་ཀྱི་མཆུ་ཏོ་ཞི་ལའི་སྣ་ལ་སླན་ན། ཟ་འཕྲུག་ལངས་པ་ཞིག་ཡིན།

ཁོས་སྐབས་སྐབས་སུ་མནོ་བསམ་གཏོང་མཚམས་བཞག་ནས། ང་ལ་རྩེད་རོགས་བྱེད་པ་ཡིན་མོད། འོན་ཀྱང་ཁོས་བྱ་བ་གལ་ཆེན་ཞིག་ལ་བསམ་བློ་གཏོང་བཞིན་པའི་སྐབས་ཡིན་ན། ཐབས་བརྒྱ་ཇུས་སྟོང་གིས་ཐར་ཐབས་བྱས་ནས། གནས་སྤར་ཏེ་སྡོད་པ་ཡིན། ཁོ་ཚ་ཐབ་ཀྱི་སྣེ་ཞིག་ནས་སྣེ་གཞན་ཞིག་ཏུ་སྐྱོར་བའམ་ཡང་ན་ཐད་ཀར་ཁང་པའི་ཕྱི་རུ་བུད་དེ། ལྗོན་ཐུང་གི་ཚལ་དང་ཡང་ན་སྡོང་པོའི་ཡལ་ག་མཐོན་པོ་ཞིག་གི་སྟེང་དུ་འགོས་ནས་བསམ་བློ་གཏོང་བ་རེད།

ཞི་ལ་ནི་མི་དང་བཅས་པའི་སྲོག་ཆགས་ཡོད་ཚད་ཀྱི་ཁྲོད་དུ། ཆེས་བསམ་བློ་གཏོང་མཁས་པ་དང་བསམ་བློ་གཏོང་ཡུན་ཆེས་རིང་བའི་རིགས་ཤིག་ཡིན། ཡིན་ཡང་ཁོས་ཅི་ཞིག་ལ་བསམ་བློ་གཏོང་བ་མི་གཞན་ལ་བཤད

མི་སྲིད། འདི་ནི་ང་ཚོ་དང་ཐལ་ཆེར་འདྲ་སྟེ། རྩོམ་ཡིག་འབྲི་བ་ལས་གཞན། དུས་རྒྱུན་དུ་སུས་ཀྱང་རང་གིས་བསམ་བློ་གཏོང་བའི་དོན་དེ་མི་གཞན་ལ་མི་བཤད་པ་ལྟ་བུ།

ངས་ཚ་ཐབ་ཐོག་ནས་རྩོམ་ཡིག་བྲིས་ཏེ་ཞི་ལ་ལ་བསླུགས་པ་ཡིན། ཁོས་ཚིག་རེ་རེ་བྱས་ནས་ནན་ཏན་གྱིས་ཉན་པ་རེད། བསླུགས་ཚར་རྗེས། ངས་ཁོའི་མགོ་ལ་བྱིལ་བྱིལ་བྱས་ཤིང་ཁོའི་བསམ་ཚུལ་ཤེས་ན་འདོད། ཁོ་ཐོག་མར་རེ་ཞིག་ལ་ཞི་འཇགས་སུ་སྡོད་པ་དང་། དེའི་འཕྲོར་ལག་མཐིལ་ལ་ལྕེ་ལྡག་བྱས་ཏེ་ཁ་ངོ་བཀྲུ་བ་རེད། ཁོའི་བྱེད་སྟངས་འདིས་ང་ལ་ཆེས་མཐོ་བའི་བསྟོད་བསྔགས་བྱེད་པ་ཡིན་པ་ངས་ཤེས་སོང་།

དེར་མཐུད་ནས་དཀའ་ཁ་སླེབ་ལ་ཉེ་བ་དང་། ཞི་ལ་ཚ་ཐབ་ཐོག་ནས་སྡོད་པའི་དུས་ཚོད་ཇེ་རིང་ནས་ཇེ་རིང་ཡིན། ཚ་ཐབ་ཀྱི་ཁོག་ཏུ་དྲོད་དབུགས་ཡོད་པས་ཚ་ཐབ་ནི་ཚ་ལམ་ལམ་ཞིག་ཡིན། ཁོ་ཚ་ཐབ་ཀྱི་གྲུ་ག་ཞིག་ཏུ་ཉལ་ནས་སྦུར་བ་འཐེན་པ་རེད། ཁྱིམ་མི་ཚང་མ་ཚུང་བྲེལ་བ་ཆེ་ཞིང་། ཕ་མ་གཉིས་ཀ་ཁྱིམ་ན་མེད་ལ། རྨོ་མོ་ཡང་དུས་ཚོད་མང་ཆེ་ཤོས་སུ་ལྷས་ར་རུ་ཡོད་པས། སྐབས་འདིར་ཁང་པའི་ནང་དུ་ཞི་ལ་མ་གཏོགས་སུ་ཡང་མེད། ཁོས་ཁང་པ་སྲུང་ནས་ཁང་སྟོང་མིན་པར་བྱས། ངས་དཔེ་ཁུག་ཁུར་ནས་ཁྱིམ་ལ་ལོག་རྗེས། ཐོག་མར་ཞི་ལ་ལ་ང་ཕྱིར་སླེབ་སོང་ཞེས་མིང་ཐོ་འགོད་པ་ཡིན།

ཁྱི་སྐབས་འགར་ཡང་ཁང་པའི་ནང་དུ་འཛུལ་ནས། ཚ་ཐབ་ཀྱི་རྩར་ཕར་འགྲོ་ཚུར་འོང་བྱེད། ཁོ་བྲེལ་འཚུབ་ལངས་མོད་འོན་ཀྱང་ཚ་ཐབ་ཐོག་ཏུ་འབུད་མི་ཕོད། ཁོས་ཚ་ཐབ་ཐོག་གི་ཞི་ལར་ཐྲག་དོག་བྱེད་དེ། སྐབས་

བཟའ་ཚང་གང་བོ་ཚ་ཐབ་ཐོག་ཏུ་བུད་ནས་དུ་བ་འཐེན་ཞོར་དུ་ཉི་མ་འཁོར་བཟའ་བ་དང་། གཏམ་རྒྱུད་བཤད་པ་ཡིན། གལ་ཏེ་རླུལ་ཞུལ་པ་ཡོང་ནའང་ལྷམ་ཕུད་ནས་ཚ་ཐབ་ཐོག་ཏུ་བུད་དེ། ཁྱིམ་མི་ཚང་མ་དང་མཉམ་དུ་སྡོད་པ་ཡིན། སྐབས་འདིར་ཚ་ཐབ་ཐོག་གི་ཞི་ལས་ཁེར་རྐྱང་གིས་བསམ་བློ་མི་གཏོང་བར། སེམས་རྣལ་ལ་ཕབ་ནས་མི་རེ་རེའི་ཁ་བརྡ་ལ་ཉན་པ་རེད། ཁོས་ཧ་ལམ་ཁ་བརྡ་ཡོད་ཚད་གོ་སོང་བ་འདྲ་སྟེ། སྐབས་རེར་འདི་ལ་བལྟ་བ་དང་སྐབས་རེར་གཞན་ཞིག་ལ་བལྟ།

སྐབས་སུ་ལག་པའི་སྟེར་མོ་ཚ་ཐབ་ཀྱི་མཐའ་ཤིང་ཐོག་ཏུ་དྲིད་ནས་བལྟ་སྡོད། འོན་ཀྱང་མཇུག་མཐར་ཚ་ཐབ་ཐོག་ཏུ་འབུད་མ་ཐོད། ཞི་ལས་བྲེལ་འཚུབ་ལངས་པའི་ཁྱི་ལ་ཁ་ཡ་མི་བྱེད་ཅིང་། ཐ་ན་དྲང་མིག་གིས་ཀྱང་མི་བལྟ། རྒྱུ་མཚན་ནི་ཁོའི་སེམས་སུ་ཁྱི་ཚ་ཐབ་ཐོག་ཏུ་འོང་བའི་འོས་བབ་མེད་པའི་ཕྱིར་རོ།།

དགུན་ཁ་སླེབ་བྱུང་། འདི་གའི་དགུན་ཁ་གྲང་ངར་ཤིན་ཏུ་ཆེ་ཞིང་གྲང་ཚུབ་ལྡང་ལ། ཁ་བ་བུ་ཡུག་འཚུབ་པ་དང་། ཆུ་ལ་ཆབ་རོམ་ཆགས་པ་ཡིན། དུས་འདིར་སྐྱིད་ཚལ་ཁང་དང་ནགས་རའི་ཁང་། མཐའ་འཁོར་སྡེ་བའི་མི་ཚང་མ་ཁྱིམ་དུ་འཛུལ་ནས་སྡོད་པ་ཡིན། ཁྱིམ་གང་བོའི་ལྟེ་བ་ནི་ཚ་ཐབ་ཡིན་ཞིང་། ཐབ་ཚང་དུ་བུད་ཤིང་སྦར་ནས་ཙག་དི་རི་རི་བྱེད།

བཟའ་ཚང་གང་བོ་ཚ་ཐབ་ཐོག་ཏུ་བུད་ནས་དུ་བ་འཐེན་ཞོར་དུ་ཉི་མ་འཁོར་བཟའ་བ་དང་། གཏམ་རྒྱུད་བཤད་པ་ཡིན། གལ་ཏེ་རུལ་ཞུལ་པ་ཡོང་ན་འང་ལྷམ་ཕུད་ནས་ཚ་ཐབ་ཐོག་ཏུ་བུད་དེ། ཁྱིམ་མི་ཚང་མ་དང་མཉམ་དུ་སྡོད་པ་ཡིན། སྐབས་འདིར་ཚ་ཐབ་ཐོག་གི་ཞི་ལས་ཁེར་རྐྱང་གིས་བསམ་བློ་མི་གཏོང་བར། སེམས་རྣལ་ལ་ཕབ་ནས་མི་རེ་རེའི་ཁ་བརྡ་ལ་ཉན་པ་རེད། ཁོས་ཧ་ལམ་ཁ་བརྡ་ཡོད་ཚད་གོ་སོང་བ་འདྲ་སྟེ། སྐབས་རེར་འདི་ལ་བལྟ་བ་དང་སྐབས་རེར་གཞན་ཞིག་ལ་བལྟ་བ་རེད།

ཁོ་ཆེས་འགྲོ་འདོད་ས་ནི་རྨོ་མོའི་པང་ཡིན། རྨོ་མོས་ཞི་ལ་པང་ནས་སྐབས་རེར་བྱིལ་བྱིལ་བྱེད་པ་དང་། སྐབས་རེར་གཟི་བ་རེད། སྐབས་རེར་བྲང་ཁར་སྣུན་པར་བྱེད།

ཨ་མས། “ཞི་ལ་དང་རྨོ་མོ་གཉིས་ཀྱི་འབྲེལ་བ་ཆེས་བཟང་ཞིང་ཆེས་

ཉེ་བ་ཡིན”ཟེར།

ངས“ཞི་ལ་དང་ངེད་གཉིས་ཇི་འདྲ་རེད”ཅེས་དྲིས།

ཨ་མས། “ཁྱད་པར་ཆེ། ཞི་ལ་ཁྱོད་ལ་མི་དགའ”ཞེས་ཟེར།

ངའི་སེམས་སུ་མ་ཉེས་ཁ་གཡོགས་ཁེལ་སོང་འདོད་དེ། རྒྱུ་མཚན་ནི་ཁྱིམ་མི་གང་བོ་ལས་ངས་ཁོར་རྩེ་རོགས་བྱས་པའི་དུས་ཚོད་ཆེས་མང་བ་ཡིན། དེ་བས“ཅིའི་ཕྱིར་ཡིན་ནམ”ཞེས་ལྷོག་འདྲི་བྱས།

ཨ་མས། “ཁྱོད་ཀྱིས་ཁོ་ཁོམ་དུ་མི་འཇུག་པས་རེད”ཅེས་ཟེར།

སྐད་ཆ།

མེ་ཏོག་འབྲི་བའི་ལོ་ཟླ།

ས་འདིར་ལོ་རེའི་དུས་ཚིགས་བཞི་བོར་མི་ལ་དགའ་བ་བསྐྱེད་པའི་དོན་དག་ཡོད་པ་ཡིན། དཔྱིད་ཀར་མེ་ཏོག་དང་བྱ་བྱིའུ་མང་ཞིང་། ཕྱེ་མ་ལེབ་ཀྱང་མང་། ལྷག་པར་དུ་མཚོ་འགྲམ་བྱེ་ཐང་གི་ཚེར་ལྡན་ཚོས་སེར་མེ་ཏོག་སྟེ། སྨུག་པོ་དེའུ་འབུར་ལྟ་བུ་ཞིག་ཡིན། དབྱར་ཁར་རྒྱ་མཚོའི་ནང་དུ་ཆུ་རྐྱལ་བྱེད་པ་དང་ཆུ་ནང་དུ་འཛུལ་ནས་ཉ་བཟུང་ཆོག སྟོན་ཁར་ཤིང་འབྲས་སྣ་ཚོགས་སྨིན་ཞིང་། སྐྱིད་ཚལ་ལྷུམ་རའི་ནང་དུ་སིལ་ཏོག་ལ་གཟིགས་མོལ་བྱེད་པའི་མི་རྣམས་ང་ཚོ་དང་འགོན་འཛིན་བྱེད་པ་ནི་ཆེས་དགའ་སྣང་ལྡན་པ་ཞིག་ཡིན། དགུན་ཁར་གྲང་ངར་ཤིན་ཏུ་ཆེ་ཞིང་ཆུ་ཐིགས་ཆབ་རོམ་དུ་ཆགས་པ་དང་། ཁ་བ་བབས་ཚེ་བསྐྱུད་མར་ཉིན་ཞག་གསུམ་ལ་འབབ་པས་ལམ་ཡོད་ཚད་ཁ་བས་མནན་འདུག

སྒོ་ཕྱིར་འགྲོ་མི་ཐུབ་པས། བཟའ་མི་གང་པོ་ཁྱིམ་དུ་སྡོད་དགོས།

ཨ་མ་དང་ཇོ་བོས་མེ་ཏོག་འབྲི་བ་ཡིན། ཁོ་ཚོས་ལོ་རེའི་དུས་ཚིགས་འདིའི་ནང་དུ་མེ་ཏོག་འབྲི་བ་ཡིན་ལ། འདི་ནི་ཁོ་ཚོ་ཆེས་དགའ་བའི་དུས་ཡིན་ངེས། ངས་ཨ་ཕ་ཡང་དགའ་འདུག་པ་རྟོགས་ཏེ། ཨ་ཕས་ཁོ་ཚོའི་སེམས་རྣལ་ལ་འབབ་ཏུ་བཅུག་ནས། བྱ་བ་གཞན་རྣམས་ཁོས་འགན་ལེན་བྱེད་པ་རེད། དུས་རྒྱུན་དུ་བྱ་བ་འདི་དག་ཁོས་སྒྲུབ་མི་འདོད་དེ། དཔེར་

ན་བྱ་དེ་ལ་རྒྱམ་སྟེར་བ་སོགས་ལྟ་བུ། ཁོས་ང་ཁྲིད་ཅིང་འཛོར་དང་ལྷུགས་ཁེམ་བཟུང་སྟེ་ཁང་རྒྱབ་ཏུ་སོང་ནས་ས་ཁེངས་སློག་པ་ཡིན་ལ། ནག་ཤིག་ཤིག་གི་སོལ་བ་འགའ་སློག་པ་སྟེ། འདི་ནི་དཔྱིད་ཀ་དང་དབྱར་ཁར་ སྔོ་ནས་དགུན་ཁ་ལ་གྲ་སྒྲིག་བྱས་པ་ཡིན།

ཨ་ཕས་མེ་ཐོར་བཙུགས་ཤིང་ཅོག་ཙེ་ཆུང་ངུ་ཞིག་ཚ་ཐབ་ཀྱི་ཐོག་ཏུ་བཞག ཕྱི་ལ་ཚ་ཐབ་ཀྱི་ཟུར་ཞིག་ན་གཉིད་སྐྱིད་པོ་ལོག་ནས་ཟད་རྗེས། རྫོགས་མཐའ་མེད་པའི་བསམ་གཞིག་བྱེད། ཕྱི་རུ་ནམ་ཟླ་འཁྱགས་ཤིང་ས་ཁེངས་འདུག་ལ། ཁང་པའི་ནང་དུ་དྲོད་ལམ་ལམ་བྱེད། འདི་ནི་མ་གཞི་ནས་དགའ་འོས་པའི་དོན་ཞིག་དང་བདེ་སྐྱིད་ཅིག་རེད།

ཨ་མ་དང་རྨོ་བོས་ཁོ་ཚོས་ཆེས་སྐྱབ་འདོད་པའི་ལས་ཧ་མེ་ཧ་ཏོག་འབྲི་མགོ་རྩོམ་པ་ཡིན། ཁོ་ཚོས་ཚ་སྣམ་ལས་ཞོན་ཤོག་དུ་མ་བླངས་ཤིང་ཚོས་མདོག་སྣ་ལྔའི་སྣག་བུམ་བླངས། ང་དང་ཨ་ཕ་མཐའ་རུ་ལངས་ནས་རོགས་ཅི་ཡང་བྱེད་མི་ཐུབ། ཡུད་ཙམ་འགོར་རྗེས། ཨ་མས་ང་ལ་སྣག་ཚ་སྣུར་དུ་བཙུག སྣག་ཚ་འདི་ལས་དྲི་མ་ཡ་མཚན་ཞིག་མཆེད་ཡོང་བ་རེད།

རྨོ་བོས་ཞོན་ཤོག་དེ་ཅོག་ཙེའི་ཐོག་ཏུ་འདིང་བ་དང་། ཤོག་བུའི་འོག་ཏུ་ད་དུང་ས་གདན་ཞིག་ཀྱང་བཏིང་བ་རེད། མོས་ཐོག་མར་ཤོག་བུའི་ཐོག་ཏུ་ཡལ་ག་གྱུག་འདུག་པའི་སྐྱ་ཐིག་རགས་མོའི་བྲིས་རྗེས། འཇམ་དམུལ་དམུལ་གྱིས་ཨ་མར་བལྟ་བ་རེད། ཨ་མས་ཚོས་དམར་སྒྲིས་ནས་ཡལ་གའི་ཐོག་ཏུ་མེ་ཏོག་རེ་རེ་བྲིས་ཤིང་། ཨ་ཕས“ཡག་པོ་རེད”ཅེས་ཟེར།

ཨ་མས་སྐྱུལ་མ་བཏང་ནས་ཨ་ཕ་ལ་རི་མོ་འབྲི་རུ་བཙུག་པ་དང་། ཨ་ཕས་ནག་ཅིང་རིང་བའི་ལོ་མ་བྲིས་པ་སྟེ། ཀེཪུ་དང་ཡང་ན་དྲེས་མའི་ལོ་མ

描花

ཨ་མས་སྐྲུལ་མ་བཏང་ནས་ཨ་ཕ་ལ་རི་མོ་འབྲི་རུ་བཅུག་པ་དང་། ཨ་ཕས་ནག་ཅིང་རིང་བའི་ལོ་མ་བྲིས་པ་སྟེ། ཀེའུ་དང་ཡང་ན་དྲེས་མའི་ལོ་མ་དང་འདྲ་པོ་ཡོད་པས། རྒྱ་བོ་ཚུར་ཡོང་ནས་བལྟས་ཏེ"མི་རིག་གི། ཡིན་ཡང་དང་ཐོག་ནས་འདི་འདྲ་ཞིག་འབྲི་ཐུབ་ན་ཤིན་ཏུ་ལེགས"ཟེར། དེ་ནས་ཨ་ཕའི་ལག་གི་སྨྱུ་གུ་བླངས་ཏེ་ལོ་མ་སྦུག་པོ་བྲིས་ཤིང་། དཀྱིལ་དུ་སྣག་ཚ་སླ་བོས་མེ་ཏོག་གི་གང་བུ་དུ་མ་བྲིས་པ་རེད། དེ་ནི་དྲེས་མ་མེ་ཏོག་ཅིག་ཡིན་པ་ངས་ཀྱང་ཤེས་ཐུབ། དེ་བས་ང་རང་རྒྱ་བོ་ལ་དད་པ་སྐྱེས་སོང་།

དང་འདྲ་པོ་ཡོད་པས། རྒྱ་བོ་ཚུར་ཡོང་ནས་བལྟས་ཏེ“མི་རིག་གི། ཡིན་ཡང་དང་ཐོག་ནས་འདི་འདྲ་ཞིག་འབྲི་ཐུབ་ན་ཤིན་ཏུ་ལེགས”ཟེར། དེ་ནས་ཨ་ཕའི་ལག་གི་སྨྱུ་གུ་བླངས་ཏེ་ལོ་མ་སྡུག་པོ་བྲིས་ཤིང་། དཀྱིལ་དུ་སྔག་ཚ་སླ་བོས་མེ་ཏོག་གི་གང་བུ་དུ་མ་བྲིས་པ་རེད། དེ་ནི་དྲེས་མ་མེ་ཏོག་ཅིག་ཡིན་པ་ངས་ཀྱང་ཤེས་ཐུབ། དེ་བས་ང་རང་རྒྱ་བོ་ལ་དད་པ་སྐྱེས་སོང་།

ངས་ཀྱང་འབྲི་འདོད་མོད། འོན་ཀྱང་མེ་ཏོག་དང་རྨ་མི་འབྲི། དེ་ནི་འབྲི་དཀའ་མོ་ཞིག་རེད། ངས་འབྲི་འདོད་པ་ནི་བྱི་ལ་ཡིན། བྱི་ལའི་ཇོ་གོར་གོར་ཡིན་པས་འབྲི་རྒྱུ་དེ་འདྲ་དཀའ་མོ་མིན་ཞིང་། རྣ་གཤོག་གཉིས་དང་སྨ་ར་གཉིས་བྲིས་པས་ཆོག་མོད། འོན་ཀྱང་ང་ཡང་ཨ་ཕ་དང་འདྲ་བར་རྨུན་པོ་ཞིག་ཡིན་ལ། བྲིས་པའང་འདྲ་པོ་མེད། ཨ་ཕས་བཤད་རྒྱུར། “འདི་ནི་ཕལ་ཆེར་སྐྱེས་མའི་ལས་ཀ་ཞིག་རེད”ཟེར།

ཨ་མ་དང་རྒྱ་བོས་ཉིན་གང་བོར་བྲིས་ཤིང་། ཕོ་ཚོས་སིལ་སྡོང་མེ་ཏོག་དང་དྲེས་མ་བྲིས་པ་མ་ཟད། ད་དུང་སྨྱུག་མའང་བྲིས་འདུག ཨ་ཕས་ཟུར་གཞོགས་ནས་བལྟས་ཏེ་དཔྱད་འཇོག་བྱེད་པ་དང་། ཆེས་ཡག་པོར་འདོད་པའི་རི་མོ་དེ་བདམས་ནས་བཤད་རྒྱུར། “འདི་ནི་སྒྲོ་བོ་བཞུགས་དུས་ཕོ་ཚོར་བསླབས་པ་རེད། ཕོ་རང་ཨ་མ་དང་རྒྱ་བོ་ཚོ་སྔོར་འགྲོ་བར་མི་འཐད་པས། ‘ཁྱིམ་དུ་བསྡད་ནས་རི་མོ་བྲིས་ཤིག’ཟེར་བ་དང་། ཡིན་ནའང་ད་ལྟ་བྲེལ་བ་ཆེ། དེ་བས་ངས་ལོ་རེར་ཆེས་བཟང་བའི་ལྷུང་མའི་སོལ་བ་གྲ་སྒྲིག་བྱས་པ་ཡིན”ཟེར།

བྱི་ལས་ད་རག་བར་དུ་ཉལ་ས་མ་བསྒྱུར་ཞིང་། ཡུད་ཙམ་ལ་བསམ་གཞིག་བྱས་རྗེས། ཡར་ལངས་ནས་རི་མོ་འདི་དག་ལ་ཞིབ་འཇུག་བྱེད་པ་

རེད། དེས་རི་མོ་རེ་རེའི་སྟེང་ནས་ཞིབ་བལྟ་བྱེད་པ་དང་སྒྲིལ་རྒྱངས་བྱེད། བློ་ཕངས་པ་ཞིག་ལ་ང་ཚོས་ཡིད་འཛོག་བྱས་མེད་དུས་ཚོས་དམར་ནང་དུ་སྦྱོས་རྗེས་ཤོག་བུའི་ཐོག་ཏུ་སྦྱོས་པ་རེད། ཨ་ཕས་མགྱོགས་མྱུར་དུ་པང་ལ་བཟུང་སོང་། འཕྲེས་སོང་བས་ཤོག་བུའི་ཐོག་ཏུ་རྐང་རྗེས་རེ་རེ་བཞིན་བཞག་འདུག ཨ་ཕ་ཤོག་བུ་དེར་སེར་སྣ་སྐྱེས་ནས་ཨ་ཤུ་རེ་ཁོ་ཟེར།

ཚོ་བོས་རྐང་རྗེས་དེར་ཡུད་ཙམ་ལ་བལྟས་རྗེས། སྒོ་བུར་དུ་སྨྱུ་གུ་ཐོགས་ནས་དེའི་རྩེབ་ཏུ་ཡལ་ག་བྲིས། ཨ་མས་རྐང་རྗེས་ཀྱི་ཐོག་ཏུ་སྐར་ཡང་མེ་ཏོག་ཅིག་བྲིས་མཐར། དཔྱིད་མགོའི་མེ་ཏོག་ཕོན་ཆེན་ཞིག་ཏུ་གྱུར་པ་རེད། ང་རང་དགའ་སྤྲོས་ཁེངས་པ་དང་། ང་དང་ཨ་ཕས་འདི་འདྲ་ཞིག་བློ་ཡུལ་ལ་ཤར་མི་ཐུབ་སྟེ། སྔར་མོ་ལྷ་ལྷན་གྱི་བྱི་ལའི་སུག་རྗེས་ནི་མ་གཞི་ནས་དཔྱིད་མགོའི་མེ་ཏོག་དང་འདྲ་པོ་ཡོད།

འདི་ལྟར། བྱི་ལ་དང་ཨ་མ། ཚོ་བོ་བཅས་ཀྱིས་མཉམ་དུ་ཆེས་མཛེས་པའི་དཔྱིད་མགོའི་མེ་ཏོག་གི་རི་མོ་ཞིག་བྲིས་པ་རེད།

སྐར་མ་ལ་བཤད་པ།

འདི་གའི་དབྱར་ཁར་ཚ་གདུག་ཤིན་ཏུ་ཆེ་བས། དགུན་ཁའི་གྲང་ངར་ཤིན་ཏུ་ཆེ་བ་རེད། དེ་ལས་ལྡོག་ནའང་དེ་འདྲ་ཡིན། འདི་ནི་མཚོ་ཁའི་བགྲེས་པོ་ཚོས་བཤད་པ་ཡིན་ལ། བགྲེས་པོ་ཚོས་ཅི་ཡང་ཤེས་པ་སྟེ། གནམ་འོག་གི་བྱ་གཞག་དང་ནམ་མཁའི་འགྱུར་ལྡོག་ལས་མི་ཤེས་པ་གཅིག་ཀྱང་མེད།

དབྱར་ཁར་སླེབ་ཚེ། ཆར་པ་འབབ་པའི་ཉིན་མོ་མིན་ན། ངེད་བཟའ་མི་གང་པོས་ཉིན་རྒྱུན་དུ་ཁང་པའི་ཕྱི་ནས་ནམ་ཕྱེད་ཙམ་ལ་སྡོད་པ་ཡིན། དེ་ནི་འགྱུར་བ་མེད་པ་ཞིག་ཡིན། དགོང་ཇ་འཐུང་རྗེས། ང་ཚོས་སོག་མས་ལས་པའི་རྩྭ་གདན་བཟུང་ནས་ཁང་པའི་ནུབ་ཕྱོགས་སུ་སོང་ལ། དེ་གར་སྡོང་ཏན་འགའ་ཡོད་ཅིང་། སྡོང་རྩ་བྱེ་ཐང་ཡིན་ཞིང་ང་ཚོས་བྱེ་ཐང་དེ་ནས་རྩྭ་གདན་བཏིང་སྟེ་བསིལ་འགུག་བྱས་པ་ཡིན།

དུག་སྦྲང་འགོག་ཆེད། འགྲམ་ཡོགས་སུ་མཁན་པའི་རྩྭ་ཐག་ཅིག་མེར་སྒྲོན་ནས་འཇོག་དགོས། དེ་ལྟར་མཁན་པའི་དྲི་བསུང་ལའང་སྣོམ་ཐུབ། ང་ཚོ་གན་རྒྱལ་དུ་ཉལ་ནས་ནམ་མཁའི་སྐར་མ་ལ་བལྟས་པ་དང་། དེ་དག་གིས་ཆེ་ཆུང་མི་གཅིག་པ་དང་སྲབ་མཐུག་མི་འདྲ་བའི་དབྱིབས་རྣམ་པ་སྣ

ཚོགས་ཤིག་གྲུབ་ཡོད། སྐར་མའི་སྐོར་གྱི་གཏམ་རྒྱུད་ཨ་ཕས་ཤེས་པ་མི་མང་ཞིང་ཨ་མས་ཁ་ཤས་ཤེས་ལ། རྨོ་བོས་ཤེས་པ་དེ་བས་མང་།

རྨོ་བོས་མཛུབ་མོས་ཡར་སྟོན་མར་སྟོན་བྱེད་ཅིང་། སྐར་མ་གན་ཚོ་ནི་བ་སླང་དང་། གན་ཚོ་ནི་རྡོམ། གཞན་ད་དུང་སྦྲུལ་དང་འབྲུག་ཀྱང་ཡོད། སྲིག་ཆགས་ཡོད་པ་ལས་གཞན་ད་དུང་མཚོན་ཆ་ཡོད་དེ། དཔེར་ན་ཕར་འཕངས་པའི་འཐག་འཕང་དང་ལག་ཏུ་མདའ་མདུང་བཟུང་བ་ལྟ་བུ། ད་དུང་རྫོན་པ་དང་སྐྱེས་པ་སྐྱེས་མ་ཡང་ཡོད། ནམ་མཁར་རྒྱ་བོ་ཆེན་པོ་ཞིག་ཡོད་དེ། གཏམ་རྒྱུད་མང་པོ་ཞིག་རྒྱ་བོ་དེའི་འགྲམ་རྒྱུད་གཉིས་སུ་བྱུང་བ་ཡིན་ཟེར།

རྨོ་བོས་ཤེས་པའི་གཏམ་རྒྱུད་ཤིན་ཏུ་མང་། ཡིན་ཡང་མུ་མཐུད་དུ་བཤད་ན་ཚར་རྒྱུ་ཡོད་ངེས། དེ་ལས་གཞན་ཨ་ཕས་ས་སྟེང་གི་གནས་ཚུལ་བཤད་པ་ཡིན་ཏེ། ཨ་མས་རྩེབ་ནས་ཁ་གསབ་བྱེད། འདི་དག་ལའང་བཤད་ཚར་བའི་དུས་ཤིག་ཡོད། ཕོ་ཚེར་བཤད་རྒྱུ་ཅི་ཡང་མེད་པའི་སྐབས་དེར། ངས་ནམ་མཁའི་སྐར་མར་ཅེར་ནས་བཤད་མགོ་བརྩམས་པ་ཡིན་ཏེ། ངས་རང་གི་འདོད་པ་ལྟར་གཏམ་རྒྱུད་ཁ་ཤས་བསྒྲིགས་ཏེ། བྱང་ཆ་ལྡན་པའི་ངང་ནས་བཤད་པ་ཡིན།

ཕོ་ཚོས་ཡུད་ཙམ་ལ་ཉན་རྗེས། ངས་མཚམས་མི་ཆད་པར་བཤད་པ་དང་ཕོ་ཚོ་ཡར་ཙོག་ནས་ང་ལ་བལྟས་འདུག ངས་སྐར་མར་བལྟས་ཏེ་གླད་རྒྱའི་ནང་དུ་དེ་དག་སྐོར་གྱི་ཚིག་གྲུབ་ཁ་ཤས་དང་གཏམ་རྒྱུད་ཁ་ཤས་ལས་མེད། ཡ་མཚན་ཞིག་ལ་ཚིག་གྲུབ་ཡོད་ཚད་སྟར་པ་གཅིག་ཏུ་བསྒྲིགས་ནས། ངའི་ཁ་ནས་འཆད་པར་སྨྲུག་འདུག་པས་བསམ་བློ་ཅི་ཡང་གཏོང་མི་

དགོས། ངས་དབྱུགས་ཐེངས་གཅིག་གིས་ཆུ་ཚོད་གཅིག་གི་རིང་ལ་བཤད་ཐུབ་པ་མ་ཟད། ཁ་དིག་ལྷེ་དིག་ཅི་ཡང་མེད།

ཨ་ཕས་མཐར་ཐུག་ཏུ་བཟོད་བསྲན་མ་ཐུབ་པར“ཏ་ཏ”ཞེས་བགད་ནས། ངའི་ཕྲུག་མགོར་རྗེས་ཞོར་དུ“མཚམས་ཞོག”ཟེར་བས། ངས་ཀྱང་མཚམས་བཞག་པ་ཡིན།

ཨ་ཕས་འདྲི་རྒྱུར། “ཁྱོད་ཀྱི་སྐད་ཆ་འདི་དག་གང་ནས་ཁྱེར་ཡོང་བ་ཡིན”ཟེར།

ངས་དྲང་མོར་བཤད་པ་ཡིན་ཏེ། “དེ་དག་ངའི་ཁའི་ནང་དུ་ཡོད། ངས་ཁ་གདངས་ཙམ་བྱས་ཚེ་དེ་དག་ཕྱིར་ཐོན་པ་རེད”ཅེས་བཤད།

“ཁྱོད་ཀྱིས་བསྒྲིག་པ་ཨེ་ཡིན། ”

“མིན། དེ་དག་སྔ་མོ་ནས་ཡོད། ངས་ཁ་ནས་བཤད་པ་ཙམ་སྟེ། ཚིག་དང་པོ་བཤད་མ་ཐག་ཚིག་གཉིས་པ་དེར་མཐུད་ནས་ཡོང་བ་རེད། འདི་ནི་བདེན་པ་ཡིན། ”

ཨ་ཕས་ཨ་མ་ལ་བལྟ་བ་དང་། ཨ་མས་ང་ལ་འདྲི་རྒྱུར། “གཅེས་ཕྲུག་ལགས། ཁྱོད་ལ་དུས་ནམ་ཞིག་ལ་འཇོན་ནུས་འདི་འདྲ་ཞིག་བྱུང་བ་ཡིན”ཟེར། ངས་བསམ་བློ་བཏང་རུང་རྒྱུ་མཚན་ཅི་ཡང་མ་དྲན། ངས་འདི་ནི་འཇོན་ནུས་ཤིག་ཡིན་པ་ཡེ་ནས་མི་འདོད་ལ། དུས་ནམ་ཞིག་ལ་ཤེས་པའང་མི་ཤེས་པར། ཁ་གདངས་པ་ཙམ་གྱིས་མཚམས་མི་ཆད་པར་བཤད་ཐུབ།

ཕོ་ཚོས་རྒྱུ་མཚན་རྩད་མ་ཆོད་པས། སྐར་ཡང་ཉལ་བ་རེད། རྫོ་བོས་ང་ལ་སྐྱུལ་མ་བྱེད་པའམ་ཡང་ན་ཕོ་ཚོར་སྐྱོན་བརྗོད་བྱེད་པ་གང་ཡིན་མི་

ཤེས་མོད། མོས་བཤད་རྒྱུར། "གཅེས་ཕྲུག་ལགས་མུ་མཐུད་དུ་སྡོད་དང་། བཤད་ནས་ཐང་ཆད་ན་ངལ་གསོ་བྱས་ཆོག"ཟེར།

ཐང་ཆད་པའི་སྣང་བ་ཅི་ཡང་མེད། ངས་འོད་ལམ་ལམ་བྱེད་པའི་སྐར་མར་ཅེར་ནས་སེམས་སུ་དགའ་སྤྲོའི་ཁེངས། ངས་དེར་མཐུད་ནས་བཤད་མགོ་བརྩམས་པ་དང་། གཏམ་རྒྱུད་རེ་རེ་མུ་ཏུ་སྤྲེལ་ཞིང་ཁེར་རྐྱང་ཡང་ཡིན་པར་བྱས། འདི་དག་ཚང་མ་སྐར་མ་ལ་བཤད་དགོས་འདོད། ངས་དེ་ལྟར་མུ་མཐུད་ནས་བཤད་དེ་ནམ་གུང་ལ་སླེབ།

ཕྱི་ཉིན་དགོང་མོ་ཡང་དེ་ལྟར་ཡིན་ཏེ། བཟའ་མི་ཚང་མས་ཉན་འདུག་སྟེ། མ་གཞིར་སྐད་ཆ་འདི་འདྲ་མང་པོ་ཞིག་སྐར་མ་ལ་བཤད་དགོས་འདུག དོན་དེས་ང་ལ་དབྱངས་ཞུགས་སུ་བཅུག ངས་བཤད་པ་བྱང་ཆ་ལྡན་པ་ཞིག་ཡིན་ལ། དུས་རྒྱུན་དུ་མི་བཤད་པའི་ཚིག་ཁ་ཤས་ཀྱང་ལྷུག་པོར་བཤད་ཐུབ། དེའི་འཕྲོར་འདང་ཞིག་བརྒྱབ་ན་རང་ཉིད་ཀྱང་ཡ་མཚར་བ་ཞིག་རེད།

ཉིན་ཞིག་ལ་ཨ་ཕ་དང་ཨ་མས་སྐད་དམའ་མོས་ཤུབ་བཞིན་འདུག ཕོ་ཆོས་ང་ལ་བཤད་རྒྱུར། "ཁྱོད་ལ་འཛོན་ནུས་འདི་འདྲ་ཞིག་ཡོད་པ་གཞན་ལ་བཤད་མི་རུང"ཟེར། ངས"འདི་ནི་འཛོན་ནུས་ཤིག་མིན"ཞེས་བཤད། ཨ་ཕས་ངོ་གནག་ནས"འདི་ནི་འཛོན་ནུས་ཤིག་རེད། རང་གིས་ཤེས་པས་ཆོག གཞན་ལ་མ་བཤད"ཅེས་ཟེར།

ངས་ཨ་ཕའི་སྐད་ཆ་དེར་གོ་བ་མ་ལོན། རང་ལ་འདི་ནི"འཛོན་ནུས"ཤིག་ཡིན་པའི་ཚོར་བ་གཏན་ནས་མེད། ཡིན་ཡང་མི་གཞན་ལ་གཏན་ནས་གླེང་མ་སྒྱོང་།

དབྱར་ཁ་རེ་རེ་བཞིན་འདས་སོང་ལ། ངས་སྔར་བཞིན་དུས་དང་རྣམ་པ་ཀུན་ཏུ་སྐར་མར་བལྟས་ནས་བཤད་མི་ཚར། ཕལ་ཆེར་ལོ་བཅུ་དྲུག་གི་སྐབས་སུ་སྟེ། ལོ་བཅུ་བདུན་ཡིན་ཡང་སྲིད། གང་ལྟར་ལོ་དེའི་དབྱར་ཁའི་ཉིན་ཞིག་གི་མཚན་མོར། ངས་སླར་ཡང་སྐར་མར་ཅེར་ནས་གཏམ་རྒྱུད་བཤད་སྐབས། གློ་བུར་དུ་གཉིད་ཁུགས་པ་རེད། ངས་བཤད་མཚམས་བཞག་ནས་སྐད་ཆ་ཚིག་རེ་རེར་བསམ་བློ་ཞིབ་མོ་ཞིག་མ་བཏང་ན་བཤད་མི་ཐུབ་པར་གྱུར། ང་རང་འཚབ་ནས་ཡར་ལངས་ཏེ་ཙོག་པུར་དུ་ཁུ་སིམ་མེར་བསྡད།

ཨ་ཕས“ཅི་ཞིག་བྱུང་སོང”ཞེས་དྲིས་པར།

ངས་མགོ་བོ་གཡུག་ཞོར་དུ“ངས……བཤད་མི་ཐུབ། བཤད་མི་ཐུབ”ཅེས་བཤད།

ཨ་ཕས་ངའི་མགོ་ལ་བྱུག་བྱུག་བྱས་ཏེ་ང་རང་སེམས་སྡོད་ལ་འབབ་ཏུ་བཅུག་ནས། “འཚུབ་ཆ་མ་ལངས། རེ་ཞིག་ལ་ཉལ་ནས་ངལ་གསོ་རྒྱོབ་དང་། ཐང་ཆད་འདུག་ཀྱང་སྲིད། ཡུད་ཙམ་འགོར་རྗེས་ཚོད་ལྟ་ཞིག་བྱས་ཚོག”ཟེར།

ང་རང་ཉལ་ནས་སྐར་མ་ལ་བལྟས། དེ་ལྟར་ཡུད་ཙམ་འགོར་རྗེས། སྔར་བཞིན་བཤད་མི་ཐུབ་ཅིང་གླད་པའི་ནང་སྟོང་པར་གྱུར་འདུག

ཞག་མ་དེ་ནས་བཟུང་། ང་ལ་བཤད་རྒྱུན་མི་ཆད་པའི་ནུས་པ་མེད་པར་གྱུར་ཞིང་། དེ་ལྟར་ཡལ་བ་རེད། དེ་ནི་ངོ་མ་ཞིག་ཡིན་ལ་ཤིན་ཏུ་མཚར་ཆེའོ། །

གླིང་ཕྲན་ཐོག་གི་དུད་ཁྱིམ།

རྒྱ་མཚོའི་ནང་དུ་གླིང་ཕྲན་ཞིག་ཡོད་པ་དང་། གནམ་ངོ་ཐང་ཡོད་པའི་ཉིན་མོ་ཡིན་ཚེ་ཁང་ཤར་རེ་རེ་དང་སྡོང་པོ་རེ་རེ་གསལ་པོར་མཐོང་ཐུབ། རྒྱ་མཚོའི་ཁ་ནས་ཡུན་རིང་ལ་རྒྱང་བལྟ་བྱས་ཤིང་གླིང་ཕྲན་ཐོག་གི་གནས་ཚུལ་བསམ་ན། སེམས་ཀྱང་ས་ཆ་དེར་ཕྱོགས་འགྲོ། ཡིན་ནའང་ང་ཚོ་སུས་ཀྱང་གླིང་ཕྲན་དེའི་ཐོག་ཏུ་འགྲོ་མ་མྱོང་། ངས་རྟག་ཏུ་འཆར་རྟོག་བྱེད་པ་སྟེ། གལ་ཏེ་མ་འོངས་པར་གླིང་ཕྲན་དེའི་ཐོག་ཏུ་འགྲོ་ཐུབ་ན་ཅི་མ་རུང་འདོད་ཅིང་། དེ་གར་མི་གང་དག་བསྡད་ཡོད་པ་ཤེས་ལ། ཁོ་ཚོ་ནི་ང་ཚོ་དང་གཅིག་པ་ཡིན་ནམ་བསམ།

ཁྱིམ་མི་ཚོའང་གླིང་ཕྲན་དེའི་ཐོག་ཏུ་འགྲོ་མ་མྱོང་ཞིང་། གླིང་ཕྲན་ཐོག་གི་གནས་ཚུལ་གསལ་པོར་མི་ཤེས། རྨོ་བོས་བཤད་ན་སྔོན་ཆད་གླིང་ཕྲན་ཐོག་གི་མི་ས་འདི་གར་སྤོ་ཚོང་ཉོ་རུ་ཡོང་མྱོང་སྟེ། “གླིང་ཕྲན་གྱི་ཐོག་ཏུ་ཉ་རིགས་མང་བ་ལས་དངོས་པོ་གཞན་མང་པོ་མེད་པས། ཁོ་ཚོ་རྒྱུན་དུ་ཡོང་ནས་ཀུ་ཤུ་སོགས་ལྷ་བུ་ཁྱེར་ནས་འགྲོ་བ་རེད། ས་དེ་གའི་བྱིས་པ་ཚོས་ཀུ་ཤུ་མཐོང་བ་ན་ཤིན་ཏུ་དགའ་སྟེ། མི་རེར་གཅིག་རེ་མ་གཏོགས་མེད”ཟེར།

ངའི་སེམས་སུ་དེ་བས་ཀྱང་ཡ་མཚན་སྐྱེས། ངའི་བསམ་པར་གལ་ཏེ་

གླིང་ཕྲན་ཐོག་ཏུ་འགྲོ་བའི་སྐལ་བ་ལྡན་ན། ངེས་པར་དུ་ཀུ་ཤུ་མང་པོ་ཞིག་ཁུར་ནས་འགྲོ་དགོས་འདོད།

མཚོ་འགྲམ་དུ་གླིང་ཕྲན་ཐོག་ཏུ་འགྲོ་བའི་གྲུ་གཟིངས་མེད་པས། ཕར་ཚུར་འགྲོ་འོང་བྱེད་པའི་མི་ཤིན་ཏུ་ཉུང་། གླིང་ཕྲན་ཐོག་གི་མི་ས་འདི་གར་ཡོང་དགོས་ན། རླུང་ཞི་རླབས་འཇགས་ཀྱི་ཉིན་མོར་ཉ་གྲུ་བཏང་ནས་འོངས་དགོས། བཤད་རྒྱུན་ལྟར་ན་མཚོ་འགྲམ་ནས་གླིང་ཕྲན་བར་གྱི་ཆུ་ཁོངས་སུ“མཚོ་ཤུར”ཆེན་པོ་སྟེ། རྒྱ་མཚོའི་ནང་གི་ཆུ་ཆེན་ཞིག་ཡོད་ཅིང་བཞུར་རྒྱུན་ཤིན་ཏུ་དྲག་པ་དང་། གྲུ་གཏོང་བའི་ལག་རྩལ་བྱང་ཆུབ་པ་ཞིག་མེད་ན་ཆུ་ཆེན་དེ་བརྒལ་མི་ཐུབ་ཟེར།

ཨ་ཕས་ངས་གླིང་ཕྲན་དེ་ཐེངས་མང་པོར་གླིང་བ་ཐོས་ནས། “ང་རང་ཡིན་གཅིག་མིན་གཉིས་སུ་གླིང་ཕྲན་དེའི་ཐོག་ཏུ་ཐེངས་གཅིག་ལ་འགྲོ་དགོས། ཚེ་ཐོག་འདིར་ཐེངས་གཅིག་ཀྱང་འགྲོ་མ་ཐུབ་ན་འགྱོད་པ་ཆེ”ཞེས་ཤབ་ཤུབ་བཤད་པ་རེད། ཁོའི་སྐད་ཆ་དེས་ང་རང་དགའ་རུ་བཅུག་པ་དང་། ཁོ་གཅིག་པུ་མི་འགྲོ་བ་ངས་གསལ་པོར་ཤེས་པ་ཡིན།

གོ་སྐབས་ནི་གློ་བུར་བ་ཞིག་ཡིན། དབྱར་གནང་འདིའི་གཟའ་འཁོར་དང་པོར་ཨ་ཕས་བཤད་རྒྱུར། ནགས་རའི་ཁང་གིས་ཁོ་རང་གྲུ་གཟིངས་ཆེན་པོ་ཞིག་ལ་བསྟད་དེ་གླིང་ཕྲན་གྱི་ཐོག་ཏུ་བུད་ཤིང་བསྐྱལ་དུ་མངགས་པ་ཡིན་ཟེར། ཁོའི་འགྲོ་རོགས་ལ་ད་དུང་མི་གཞན་འགའ་ཞིག་ཀྱང་ཡོད་པ་རེད། ང་ཤིན་ཏུ་དགའ་ནས་ཨ་ཕ་ལ་ཁོ་ཡང་འཁྲིད་པའི་རེ་བ་ཞུས། ཨ་ཕས་བསམ་བཞིན་མི་འཐད་ཁུལ་བྱེད་པ་དང་དོན་འདི་མགོ་ཁྲིད་དང་གྲོས་བྱེད་དགོས་ཟེར། ཨ་མས་ང་ལ་བལྟས་ཏེ་སྣེ་ཁྲིད་པ་སུ་ཡིན་པ་དྲིས། ཨ་

པས"ཁ་སེར"རེད་ཟེར། ང་ཚོ་ཚང་མས་རྒྱ་ར་སེར་པོ་སྐྱེས་པའི་མི་དེ་ངོ་ཤེས་པས། དོན་འདི་ལ་དཀའ་ཁག་ཆེན་པོ་མེད་པ་ཤེས།

"ཁ་སེར"ང་རང་འཁྲིད་རྒྱུར་འཐད་པ་བྱུང་། འགྲོ་ཁ་དེར་ངས་རྔོ་ཐོའི་སྐད་ཆ་སེམས་ལ་དྲན་ནས། སྐྱིད་ཚལ་ཁང་དུ་སོང་ནས་ཀུ་ཤུ་གཟེབ་གང་ཉོས།

བུད་ཤིང་གང་བརྩིགས་པའི་གྲུ་གཟིངས་གྲུ་ཁ་དང་བྲལ་ནས་དལ་གྱིས་གླིང་ཕྲན་གྱི་ཕྱོགས་སུ་བསྐྱོད་པ་རེད། རྒྱ་མཚོའི་མངའ་ཁོངས་ནི་འདི་འདྲའི་མཐོན་མཐིང་དང་མཛེས་སྡུག་ལྡན་པ་ཞིག་ཡིན་པ་ཡིད་ལའང་མ་ཤར། མཚོ་སྐྱར་ང་ཚོའི་རྗེས་དེད་དེ་འཕུར་ལྡིང་བྱེད་ཅིང་ཚུགས་ཀར་བལྟས་ན་ང་ཚོ་དམིགས་ཡུལ་དུ་སྣང་སྐྱིལ་བྱེད་པ་དང་འདྲ། "ཁ་སེར"གྱི་མགོ་ནས་བསྟད་དེ་ཆང་འཐུང་བ་དང་སྐབས་སྐབས་སུ་རྒྱ་མཚོའི་ནང་དུ་གཅིན་པ་གཏོང་བ་རེད། ཁོས་སྐད་ཆེན་པོས"གནམ་གནན་མ་ལགས། འདི་གར་གཟིགས་དང"ཞེས་ཟེར། ང་ཚོས་ཁོའི་ཀི་སྒྲ་ཐོས་ནས་མྱུར་མོར་གྱི་མགོ་རུ་སོང་བ་ན། ཁྱུག་ཧྲ་དང་འདྲ་བའི་འདབ་ཆགས་འགའ་ཞིག་ཆུའི་ནང་ནས་མགོ་འབུར་བཏང་སྟེ། མདའ་འཕངས་པ་ལྟར་རྒྱང་རིང་དུ་རྐྱལ་སོང་། "ཁ་སེར"གྱིས་དེར་བསྟན་ནས"སྟོས་དང་། ཨ་རིག་ཐལ། གན་ནི 'འཕུར་ཉ' རེད"ཟེར།

ངས་ཐོག་དང་པོར"འཕུར་ཉ"ཞེས་པ་མཐོང་བ་ཡིན་པས། ཧུང་སེམས་འགྲུལ་ཐེབས་སོང་། "ཁ་སེར"གྱིས་ང་ལ་ཆང་ཧུབ་གང་འཐུང་དུ་འཇུག་བསམ་མོད། འོན་ཀྱང་ཨ་པས་བཀག་བྱུང་། ཆུ་ལམ་འདི་བལྟས་ཚོད་ཀྱིས་ཤིན་ཏུ་ཐག་རིང་ཞིང་གླིང་ཕྲན་དེར་སླེབ་དཀའ་པོ་འདུག གྱི་

བོད་ཤིང་གང་བརྩིགས་པའི་གྲུ་གཟིངས་གྲུ་ཁ་དང་བྲལ་ནས་དལ་གྱིས་གླིང་ཕྲན་གྱི་ཕྱོགས་སུ་བསྐྱོད་པ་རེད། རྒྱ་མཚོའི་མངའ་ཁོངས་ནི་འདི་འདྲའི་མཐོན་མཐིང་དང་མཛེས་སྡུག་ལྡན་པ་ཞིག་ཡིན་པ་ཡོད་ལའང་མ་ཤར། མཚོ་སྐྱུར་ང་ཚོའི་རྗེས་དེད་དེ་འཕུར་ལྡིང་བྱེད་ཅིང་ཚུགས་ཀར་བལྟས་ན་ང་ཚོ་དམིགས་ཡུལ་དུ་སྐྱུང་སྐྱེལ་བྱེད་པ་དང་འདྲ།

གཟིངས་བདེ་སློམས་ཀྱིས་མདུན་དུ་བསྐྱོད་ཅིང་མཚོ་ངོས་སུ་ཐ་རླབས་ཅི་ཡང་མེད་པར་ལྷང་འཛུགས་སུ་ཡོད།

ཏ་ལམ་ཆུ་ཚོད་གཅིག་གི་རིང་ལ་བསྐྱོད་མཐར། གྲུ་གཟིངས་གྲུ་ཁར་སླེབ་བྱུང་། ཀྱེ་མ། ཚང་མ་མདོག་གཅིག་རྐྱང་གི་རྫ་ལྷང་ཁང་མིག་ཡིན་ཞིང་། གྲུང་ནི་རྗེ་ནག་པོས་བརྩིགས་པ་རེད། མི་འགའ་ཞིག་གིས་སྤྲ་མོ་ནས་གྲུ་ཁར་སྒུག་ཡོད། ཁོ་ཚོས“ཁ་སེར”ལ་མགྱོགས་འདྲི་བཏང་ནས། གྲུ་ཐོག་ནས་བུད་ཤིང་དཔོག་རྩིས་བྱེད། ཤིང་ལེབ་ཁོད་ཆེ་ཞིང་རིང་པོ་ཞིག་གྲུའི་ཐོག་ཏུ་བཏིང་ཞིང་དེའི་ཐོག་ཏུམི་ཡར་འོང་མར་འགྲོ་བྱེད། ཨ་ཕས་ང་རང་སེམས་ཆུང་གིས་གྲུ་ལས་མར་འབབ་ཏུ་བཅུག་རྗེས། སླར་ཡང་གྲུའི་ཐོག་ཏུ་སོང་ནས་ལས་ཀ་ལས་པ་རེད།

བུད་ཤིང་འཐོག་པ་ཅུང་དལ་བས་ཕྱི་རྫིར་སླེབ་པ་ན་ད་གཟོད་ཡོངས་སུ་མཇུག་རྫོགས། གླིང་ཕྲན་ཐོག་གི་མིས་དངོས་པོ་ཅག་ཅིག་གྲུའི་ཐོག་ཏུ་བརྩིགས་པ་དང་། དེ་དུས་ས་ཐུབ་ལ་ཉེ་བ་དང་། གླིང་ཕྲན་ཐོག་གི་མིས་ང་ཚོ་ཞག་མ་གཅིག་ལ་འདུག་རྒྱུའི་རེ་བ་བཏོན། “ཁ་སེར”གྱིས་མགོ་བོ་ལྡེམ་ལྡེམ་བྱས་ནས་འཐད་པ་བྱུང་བས། ང་རང་ཤིན་ཏུ་དགའ་སོང་།

གླིང་ཕྲན་ཐོག་གི་མིས་ང་ཚོ་དུད་ཁྱིམ་དུ་མ་ནས་སྐོད་དུ་བཅུག ང་དང་ཨ་ཕ་གཉིས་ཨ་ནེ་ཞིག་གི་ཁྱིམ་དུ་བསྡད་པ་དང་། མོའི་སྐྱེས་པ་མཚོ་ཐོག་ཏུ་ཉ་འཛིན་དུ་བུད་སོང་བས། མོ་དང་བུ་མོ་གཉིས་ལས་མེད། བུ་མོ་ང་ལས་ལོ་གཅིག་གིས་ཆུང་ཞིང་ཞང་ཞང་ཟེར། ངས་ཀུ་ཤུ་གཟེབ་དྲ་གང་པོ་ཁོ་ཚོར་བྱིན་པས། ཁོ་ཚོ་དགའ་ནས་ཁ་ཟུམ་མི་ཐུབ་པར་གྱུར། ཨ་ནེ་དེས་ཀུ་ཤུ་གཅིག་བླངས་ནས་སྐོམ་བཞིན་བུ་མོ་ལ་བྱིན་པ་དང་། “ང་ཚོའི་

གླིང་ཕྲན་ཐོག་ཏུ་ཀུ་ཤུ་སྡོང་པོ་ཁེར་མ་ཞིག་ཀྱང་མེད། ཕུ་བོ་ལ་བཀའ་དྲིན་ཆེ་ཞུ་དང་”ཞེས་ཟེར།

དགོང་ཇ་ལ་ཉ་ཤ་སྲེག་མ་དང་མ་རྫས་ལོ་ཏོག་གི་བག་ལེབ་ཟས། ཨ་ཕས་མང་པོ་ཞིག་ཟོས་སོང་ལ་ངས་ཀྱང་མང་པོ་ཟོས་པ་ཡིན། ཞིམ་པོ་ཞིག་འདུག དགོང་ཇ་འཐུང་རྗེས་ཡང་ལེང་ཕིན་དཀར་ཡོལ་གང་ཁྱེར་ཡོང་བ་དང་། དེ་ནི་མཚོ་རྩྭ་རིགས་ཤིག་གིས་ལས་པ་རེད། ཡུད་ཙམ་འགོར་རྗེས“ཁ་སེར”ཏུ་ཞུལ་དུ་ཐོན་ཞིང་། ཆང་དྲི་འཐུལ་བཞིན“ཉ་ཤ་འདི་འདྲ་ཞིམ་པོ་ཞིག ཆང་མེད་པས་ཇི་འདྲའི་ཕངས་པ་ལ”ཟེར། ཨ་ནེ་དེས་ང་ལ་བལྟས་ནས“ཁྱེས་པ་འདི་ཐོག་དང་པོར་གླིང་ཕྲན་ཐོག་ཏུ་ཡོང་བ་ཡིན་པས་དགའ་ཚུལ་ལ་ལྟོས་དང་། གང་ལྟར་ད་ལྟ་དབྱར་གནང་བཏང་ཡོད་པས་འདི་ནས་ཉིན་འགའ་ལ་སྡོད་དུ་ཆུགས་ཡ། ངེད་ཚང་གི་བུ་མོའི་ཨ་ཕ་ཉིན་གཉིས་གསུམ་གྱི་རྗེས་སུ་ཕྱིར་ཐོན་ཐུབ། དེ་དུས་ཕ་རོལ་ཏུ་བསྐྱལ་ཆོག”ཟེར།

ང་རང་དགའ་ནས་སྙིང་ལྟོག་ལྟོག་ཏུ་འཕར་ལྡིང་བྱེད་ཅིང་། ཨ་ཕའི་ཡ་ལན་ལ་སྒུག་བསྡད། “ཁ་སེར”གྱིས་ཨ་ཕའི་ཕྲག་པར་རྡེག་རྡེག་བྱས་ནས། “འདི་ལ་སྐྱོན་ཅི་ཡང་མེད”ཅེས་ཟེར།

ང་རང་གླིང་ཕྲན་གྱི་ཐོག་ནས་བསྡད། འདི་ནི་རྨི་ལམ་དུའང་རྨིས་དཀའ་བ་ཞིག་རེད། ཨ་ཕ་འགྲོ་ཁར་ཡང་ནས་ཡང་དུ་ནན་མངག་བྱས་པ་དང་། ཡང་ཁྱིམ་བདག་མ་ལ་བཀའ་དྲིན་གྱི་སྐད་ཆ་མང་པོ་ཞིག་བཤད་སོང་།

ངས་ཐག་རིང་ནས་བུད་ཤིང་འདྲུད་པའི་གྲུ་གཟིངས་དེ་དལ་གྱིས་

བསྐྱོད་པར་བལྟས་ཤིང་། དགའ་སྤྲོའི་ངང་ནས་གནམ་ལྡིང་ས་ལྡིང་བྱས། ཞང་ཞང་གིས་ང་ལ"རྒྱ་མཚོའི་བྲག་རྡོའི་ཐོག་ཏུ་འགྲོ་ཨེ་འདོད"ཅེས་དྲིས་པར། ངས་ཧ་མ་གོ་མོད། འོན་ཀྱང་མྱུར་དུ་མགོ་ལྷུག་ལྷེམ།

མ་གཞིར། "རྒྱ་མཚོའི་བྲག་རྡོ"ནི་གླིང་ཕྲན་ཤར་ཕྱོགས་ཀྱི་བྲག་རྡོ་ཞིག་ཡིན་པ་དང་། རྒྱ་མཚོའི་ནང་དུ་བསྲིང་འདུག་ལ། དེའི་ཐོག་ཏུ་སྒྲོན་རྟེགས་མཐོན་པོ་ཞིག་ཡོད། ཞང་ཞང་གིས"ས་ཉུབ་ཚེ་སྒློག་སྒྲོན་དེ་བཀར་ནས་མིག་རྗེབ་བྱེད་ཅིང་། རྒྱ་མཚོའི་ནང་གི་གྲུ་གཟིངས་ལ་འདི་གར་ནི་ང་ཡི་གླིང་ཕྲན་ཡིན་ཞེས་པའི་བརྡ་སྟོན་པ་རེད"ཟེར། ངས་མགོ་དགྱེ་ནས་སྒྲོན་རྟེགས་དེ་ལ་བལྟས་ཏེ་ཡིད་སྨོན་ཤོར། ཞང་ཞང་གིས་ང་ལ་བཤད་རྒྱུར། སྒྲོན་རྟེགས་སྲུང་མཁན་ནི་བགྲེས་པོ་ཞིག་ཡིན། ལོ་བདུན་ཅུ་ལ་སོན་ཡོད། གཤམ་གྱི་ཁང་པ་ཆུང་ངུ་དེའི་ནང་དུ་བསྡད་ཡོད། ཕོ་རྟག་ཏུ་མཐོ་ཚད་ལ་ཐོག་རྩེག་བཅུ་ལྷག་ཡོད་པའི་སྒྲོན་རྟེགས་ཀྱི་སྟེང་འཛེག་ནས་ཤེལ་སྒོ་འཕྱིད་པ་དང་སྒློག་སྨན་བརྗེ་བ་རེད་ཟེར།

ཞང་ཞང་ངེད་གཉིས་གླིང་ཕྲན་ལ་བསྐོར་བ་གཅིག་བརྒྱབ་པ་དང་། ཆུ་ཚོད་གཅིག་ལྷག་འགོར། མཚོ་འགྲམ་གྱི་བྲག་རྡོ་ཞིག་གི་སར་ཞང་ཞང་གིས་བདེ་མྱུར་དང་ཐིག་སྲིན་ཆེན་པོ་གཉིས་བཟུང་། ངས་ཀྱང་མོའི་ལད་མོ་བྱས་ནས་རྡོའི་ཁ་ལོ་སློག་ཚེ། ལུས་ཧྲིལ་པོར་ཚེར་མ་སྐྱེས་པའི་དངོས་པོ་ནག་ནག་ཅིག་དལ་གྱིས་འགྲོ་བཞིན་པ་མཐོང་། ཞང་ཞང་གིས"ཨོ། ཧའེ་ཧྲིན་རེད། འདི་ལ་འཚོ་བཅུད་མོད་པོ་ཡོད། ང་ཚོས་ཆ་འདིའི་མིས'བྱིས་པས་ཟས་ན་སྣ་ཁྲག་བཞུར་ཞིང་། དར་མས་ཟས་ན་ལུས་སུ་རྨིག་པ་སྐྱེས'ཟེར"ཞེས་བཤད།

མོའི་སྐད་ཆ་དེས་ང་རང་མགོ་འཁོར་པར་བྱས་ཏེ། "'རྨིག་པ་སྐྱེས་སམ།' སྒྲོག་ཆགས་ལྷ་བྱའི་རྨིག་པ་ཡིན་ནམ"ཞེས་དྲིས། ཞང་ཞང་གད་མོ་བགད་ནས། "མ་རེད། ཕལ་ཆེར་དེ་ཟས་ན་སྟོབས་ཤུགས་རྒྱས་ནས་སྒྲོག་ཆགས་ལྟར་ངལ་ལས་རྒྱག་ཐུབ་པའི་དོན་ཡིན་ཤས་ཆེ"ཟེར།

ང་ཚོས་སྡིག་སྲིན་དང་རྟའི་རྗིན་ཡུལ་ལ་ཕྱིར་ཡོང་། དགོང་ཇའི་སྐབས་སུ་ཞང་ཞང་ངེད་གཉིས་ཀྱིས་སྡིག་སྲིན་གཅིག་རེ་ཟས་པ་དང་། ཨ་ནེ་ཡིས་རྟའི་རྗིན་དེ་ཟས་ནས"ང་རང་'རྨིག་པ་སྐྱེས' པར་མི་སྐྲག ངས་ཟ"ཟེར།

ང་རང་གླིང་ཕྲན་གྱི་ཐོག་ཏུ་ཉིན་གསུམ་ལ་བསྡད་པ་དང་། ཉིན་གསུམ་ག་དེ་ཉིན་སུམ་ཅུ་ལས་ཀྱང་དོན་སྙིང་ལྡན་པ་ཞིག་ཡིན། ཨ་ནེ་ཡིས་ཉིན་རེའི་མཚན་མོར་ང་ལ་གླིང་ཕྲན་ཐོག་གི་གཏམ་རྒྱུད་བཤད། དེ་ནི་ཕ་རོལ་འགྲམ་རྒྱུད་ཀྱི་གཏམ་རྒྱུད་དང་གཏན་ནས་མི་འདྲ། ཉིན་མོར་ཞང་ཞང་གིས་ང་རང་ཁྲིད་ནས་མཚོ་འགྲམ་དུ་སོང་སྟེ། ཉུང་དཀར་དང་ཉ་སོག་བཏུས། ང་ཚོས་ཉིན་གསུམ་གའི་རིང་ལ་བཏུས་པའི་ཉུང་དཀར་དང་ཉ་སོག་རྣམས་ཛ་མའི་ནང་དུ་གསོས་པ་ཡིན།

ཉིན་བཞི་པར་ཉ་འཛིན་སྐྱེས་པ་ཕྱིར་སླེབ་བྱུང་། ཏག་ཏག་ཉིན་དེར་ཕ་རོལ་མཚོ་འགྲམ་དུ་འགྲོ་དགོས་པས་ང་ཡང་ཁྲིད་སོང་། འགྲོ་ཁར་ཨ་ནེ་ཡིས་ངའི་ཀུ་ཤུའི་གཟེབ་དྲའི་ནང་དུ་ཉུང་དཀར་དང་ཉ་སོག་གང་བཙུག་པ་དང་། ཞང་ཞང་ཁ་མི་གྲག་པར་སྡོད་ཅིང་མིག་མཐར་མཆུ་འཁོར་འདུག ང་ཡང་ངུ་འདོད་མོད་ངུ་མ་ཐུབ། ངས་ཞང་ཞང་ལ"སང་ལོའི་དབྱར་ཁར་ངས་ངེས་པར་དུ་ཀུ་ཤུ་ཁྱེར་ཡོང་"ཞེས་བཤད་པར། མོས་ཀྱང"ཡ་

ལགས”ཟེར།

གླིང་ཕྲན་ནས་ཕྱིར་ལོག་རྗེས། ངའི་མཐོང་རྒྱ་རེ་ཆེར་སོང་ཞིང་། སློབ་གྲོགས་ཚོས་ཀྱང་སྔ་གཞུག་བརྩད་ནས་གླིང་ཕྲན་ཐོག་གི་གནས་ཚུལ་དྲིས་པ་དང་། ང་རང་ང་རྒྱལ་གྱིས་ཁེངས་སོང་བ་རེད།

ཆུ་ལོག

ཆར་པ་ཆེན་པོ་འབབ་དུས་ངོ་མ་སྐྱིད་པོ་ཞིག་རེད། མཚམས་མི་ཆད་པར་འབབ་པ་དང་། བྱ་འདབས་ཀྱི་ཆུ་འཐོ་བ་ལྟར་བྱེད། ཆར་ཆེན་འབབ་པའི་སྒྲ་ལས་གཞན་ཅི་ཡང་མི་ཐོས། ནགས་རའི་ཁང་དང་སྐྱིད་ཚལ་ཁང་། སྡེ་བ་བཅས་ཀྱི་མི་ཚང་མས་ཁྱིམ་གྱི་སྒེའུ་ཁུང་ཁ་ནས་བལྟས་འདུག་སྟེ། ཉེ་རྒྱུང་གང་ནུང་ཚང་མ་སླུག་པའི་ཁྲིད་དེ་གནམ་གྲུན་མའི་བྲུམ་པའི་འོག་ཏུ་ཡོད། དཔེ་འཛོག་འདི་ནི་རྫོ་བོས་བཤད་པ་ཡིན་ལ་ངོ་མ་འཚམ་པོ་ཞིག་རེད།

ཡིན་ནའང་ཆར་པ་ཆེན་པོ་བསྟུད་མར་ཉིན་གསུམ་ལ་བབས་རྗེས། ཁྱིམ་མི་ཚང་མ་སྐྲག་སྣང་སྐྱེས་སོང་། ཆར་པ་ཆེན་པོ་ཉིན་གསུམ་ལ་སྐབས་རེར་ཇེ་ཆུང་དང་སྐབས་རེར་ཇེ་ཆེར་འགྲོ་བ་ཡིན་ཏེ། མཇུག་མཐར་དྲག་ཏུ་འགྱོ་བར་བྱེད་དེ། “ཤག་ཤག་ཤག”བྱས་ནས་གཅན་གཟན་ཞིག་གིས་ངར་སྒྲ་དང་ཀུན་ནས་མཚུངས། “ཆར་པ་འདི་ནམ་ཞིག་ལ་མཚམས་ཆད་སྲིད་དམ། ཨ་གནམ་རྒྱན་མ། གནམ་རྒྱན་མ་ཁྲོས་འདུག”ཅེས་རྫོ་བོས་སྒེའུ་ཁུང་ཕྱི་ལ་བལྟས་ནས་སྐད་དམའ་མོས་བཤད། ཞོགས་པ་ནས་བཟུང་ང་ཚོ་བཟའ་མི་གང་པོ་སྒེའུ་ཁུང་གི་ཁ་ནས་ལངས་བསྡད་པ་ཡིན།

ཉིན་བཞི་པར་ཆར་བའི་འབབ་མཚམས་བཞག་མོད་གནམ་ངོ་དུང་

ཆར་བ་ཆེན་པོ་འབབ་དུས་ངོ་མ་སྙིད་པོ་ཞིག་རེད། མཚམས་མི་ཆད་པར་འབབ་པ་དང་། གྲོ་འདེབས་ཀྱི་ཆུ་འགྲོ་བ་ལྟར་བྱེད། ཆར་ཆེན་འབབ་པའི་སྐབས་ལས་གཞན་ཅི་ཡང་མི་ཚོར། ནགས་རའི་ཁང་དང་ལྷུམ་རའི་ཁང་། སྐྱེ་བ་བཅས་ཀྱི་མི་ཚང་མས་ཁྱིམ་གྱི་སྒེའུ་ཁུང་ཁ་ནས་བལྟས་འདུག་སྟེ། ཉེ་རྒྱུང་གང་རུང་ཚང་མ་སྨུག་པའི་ཁྲོད་དུ་ཡོད་ཅིང་གནམ་རྣན་མའི་བུམ་པའི་འོག་ཏུ་ཡོད། དཔེ་འཛོག་འདི་ནི་རྫོ་པོས་བཤད་པ་ཡིན་ལ་ངོ་མ་འཚམ་པོ་ཞིག་རེད།

ཏུབ་འདུག མཚམས་མཚམས་སུ་བསིལ་ཆར་འབབ། ཉིན་ལྷོ་པ་དང་ཉིན་དྲུག་པ་ཚང་མ་དེ་འདྲ་ཞིག་ཡིན་ཞིང་། ཆར་བ་བསིལ་མའི་རྒྱུན་མི་ཆད།

ངེད་ཚང་ནི་ནགས་རའི་ཁང་གི་འགྲམ་ལོགས་ཀྱི་ཙུང་མཐོ་ས་ཞིག་ཏུ་ཡོད་པས། དང་ཐོག་ཆར་བ་ཆེན་པོའི་ཤུགས་རྐྱེན་མ་ཤེས། ཆར་བའི་འབབ་མཚམས་བཞག་རྗེས་ལྷས་རའི་ཆུ་འཁྱིལ་བརྒལ་ནས་འགྲོ་དུས། སེམས་སུ་དངངས་སྐྲག་སྐྱེས་པ་རེད།

མ་གཞིར་ལྷུ་མཐའ་བྲལ་བའི་ཐང་ཆེན་དེ་རྒྱ་མཚོ་ཆེན་པོ་ཞིག་ཏུ་གྱུར་ཞིང་། ཕྲོ་ཞིང་ཚང་མ་མི་མཐོང་ལ་སྔོང་པོ་ཡོད་ཚད་ཆུའི་ནང་དུ་ཟུག་ནས། ཐག་རིང་གི་སྟེ་བ་དེ་ལྷུ་ཏུ་སྦྲིལ་བའི་གྲུ་ཆུང་རེ་རེ་བཞིན། ཁྱི་ཡིས་རྒྱང་རིང་ནས་ཟུག་པ་ནི་དབུགས་ཡོད་ཤེད་མེད་ལྷ་བུ་ཞིག་ཡིན་ལ། བྱ་རིགས་དང་སྲོག་ཆགས་གཅིག་ཀྱང་མཐོང་རྒྱུ་མེད། དེ་དག་ཕལ་ཆེར་བྲོས་སོང་བ་འདྲ།

ངེད་བཟའ་མི་གང་པོ་ཆར་བ་ཆེན་པོས་ཉིན་འགའ་ལ་བཀག་སོང་། ཨ་མས་ཁུ་ཚང་ལ་སྐབས་ལེགས་ནས་འབྲས་དང་ཞོག་ཁོག་ཁ་ཤས་ཀྱི་གསོག་འཇོག་ཡོད། དེ་མིན་ན་བཀྲེས་ལྟོགས་མྱོང་དགོས། ཆར་བ་ཆེན་པོ་འདི་དང་འགྲན་སློང་བྱེད་པ་ནང་བཞིན། རྫོ་བོས་སླ་ང་ཆེན་པོ་ཞིག་གི་ནང་དུ་ཟས་ཞིམ་པོ་ཞོག་ཁོག་དང་ཡུངས་ནག ཡུངས་དཀར་བཅས་གང་བཙོས་ཤིང་། སྦུབས་ཀར་ད་དུང་ས་དམར་ཧ་ནེའི་ནང་དུ་ཉ་ཤ་བཞག་འདུག ཟས་རིགས་སྣ་ཚོགས་ཀྱི་སྟེང་དུ་མ་རྫས་ལོ་ཏོག་གི་བག་ལེབ་བཀབ་ཡོད། ཐབ་ཁུང་གི་མེ་ཤེད་ཤིན་ཏུ་ཆེ། སླ་ང་ཆེན་པོའི་ཟས་རིགས་ལེགས་པོར་བཙོ་དགོས་པས། དེ་རིང་སྣར་བ་ནི་བུད་ཤིང་ཆེན་པོ་ཡིན།

ཨ་ཕ་ལྷས་ར་ནས་བྲེལ་ལས་བྱེད་བཞིན་ཡོད། ཁོས་ཁང་པའི་རྩྭ་ཁག་

ཏུ་རྔ་འདམ་གྱི་གྱུང་དམའ་མོ་བརྩིགས་པ་མ་ཟད། གྱུང་གི་ཕྱི་ལོགས་ནས་ཚུ་ཀ་ཞིག་བསྐོས་ཏེ། གྱུང་རྩར་བཞུར་བའི་ཆུ་ཐག་རིང་དུ་དྲངས་པ་རེད། མ་གཞིར་ང་ཚོས་ཆར་བ་ཆེན་པོ་འབབ་མཚམས་བཞག་པའི་དགའ་བ་ལ་སྤྱོད་རོལ་བྱེད་པའི་ཉིན་འདི་གའི་རིང་ལ། ཐང་སྟོང་གི་ཆུ་ལོག་བྲི་བ་མེད་པར་ཇེ་ཆེར་བྲུག་པ་དང་། ཨ་ཕས་སྟོང་མགོར་བརྒྱབ་པའི་རྟགས་ཀྱུང་ཟུབ་པ་རེད།

ཨ་མ་དང་ཨ་ཕས་མཉམ་དུ་ལས་ཀ་ལས་བཞིན་ཡོད་ལ། ང་ཡང་ཁོ་གཉིས་ཀྱི་གྲས་སུ་ཞུགས། ཨ་མས་བཤད་རྒྱུར“ངེད་ཚང་གི་གྱུང་ལ་རྫོ་རྨང་མེད་པས་ཆུ་པོས་ཉིན་གསུམ་ལ་སྦྲངས་ན་འགྱེལ་ཁོ་ཐག་ཡིན”ཟེར། མོའི་སྐད་དུ་སྒྲག་སྣང་ཞིག་ཡོད་ལ། ཨ་ཕས་སློན་མ་ཐོད་ལ་བསྐུས་ནས་ཅི་ཡང་མི་ཟེར། ཁོས་ཤེད་ཀྱིས་ལྕགས་ཁེམ་འཕུར་ནས། ང་ཚོ་ལ་ཆུ་པོས་གྱུང་སྒྲིལ་དུ་གཏན་ནས་འཇུག་མི་རུང་ཞེས་བཤད།

ང་ཚོས་ཉིན་ཕྱེད་རིང་ལ་ལས་པས་ལྐས་རའི་སྐྱ་ཁག་གི་ཆུ་པོ་ཐག་ཉེ་རུ་བཞུར་མ་ཐུབ། ཨ་ཕས་ལྕགས་ཁེམ་ཁུར་ནས་རྒྱང་རིང་དུ་བལྟས་ཏེ། “ཕལ་ཆེར་སྟོད་རྒྱུད་ཀྱི་ཆུ་མཛོད་ཤོར་ནས་ཆུ་ཀ་བཀང་སོང་བ་འདྲ། དེ་མིན་ན་འདི་འདྲ་ཞིག་མིན”ཟེར། ཨ་མ་ཡང་ཨ་ཕས་བཤད་པར་འཐད་པ་བྱུང་།

དངོས་གནས་དེ་འདྲ་ཞིག་རེད་འདུག ཉིན་འགའི་རྗེས་སུ་པོའུ་ཁུར་ཞིང་ཆར་ལྷ་གོན་པའི་མི་ཁ་ཤས་སྔེ་བ་དང་ནགས་རའི་ཁང་བརྒྱུད་ནས་ཡོང་བ་དང་། ཕྱོགས་སོ་སོར་ཞིབ་ལྟ་བྱས་རྗེས་ངེད་ཚང་ལ་ཐོན། ཁོ་ཚོས་ངའི་ཨ་ཕ་ལ་བཤད་རྒྱུར། “སྦུར་དུ་ལས་ཀར་སོང་ནས་ཆུ་འབུད་རོགས་

ཚར་བ་ཆེན་པོ་འདི་དང་འགྲན་སློང་བྱེད་པ་ནང་བཞིན། རྨོ་བོས་སླང་ཆེན་པོ་ཞིག་གི་ནང་དུ་ཟས་ཞུམ་པོ་ཞོག་ཕོག་དང་ཡུངས་ནག ཡུངས་དཀར་བཅས་གང་བཙོས་ཤིང་། སྐབས་ཀར་ད་དུང་ས་དམར་ཛ་ནེའི་ནང་དུ་ཉ་ཤ་བཞག་འདུག ཟས་རིགས་སྣ་ཚོགས་ཀྱི་སྟེང་དུ་མ་རྨོས་ལོ་ཏོག་གི་བག་ལེབ་བཀབ་ཡོད། ཐབ་ཁྲུང་གི་མེ་ཤེད་ཤིན་ཏུ་ཆེ། སླང་ཆེན་པོའི་ཟས་རིགས་ལེགས་པོར་བཙོ་དགོས་པས། དེ་རིང་སྦར་བ་ནི་བུད་ཤིང་ཆེན་པོ་ཡིན།

བྱུས། སྔོ་རྒྱུད་ཆུ་མཛོད་ཀྱི་རགས་ཤོར་འདུག”ཟེར། ང་ཚོའི་རྒྱུད་འདི་རྒྱ་མཚོ་དང་ཐག་ཉེ། གནས་ལུགས་ལྟར་ན་ནུབ་མི་ཐུབ་མོད། འོན་ཀྱང་ཆུ་ལོག་ཆེ་བས་སྔར་ཡོད་ཀྱི་ཆུ་ཁ་དང་གྲམ་པ་བཀང་འདུག དེ་བས་ཀྱང་ཚབས་ཆེ་བ་ནི་ལོ་དུ་མང་ཞིག་ལ་ཆར་བ་ཆེན་པོ་མ་བབས་པས། ཆུ་མདོ་དང་ཁ་མགོ་ཚང་མར་བྱེ་འདམ་བསགས་འདུག གནས་ལུགས་འདི་དག་ནི་རྨོ་བོ་དང་ཨ་མས་བཤད་པ་ཡིན།

ཁོ་ཚོ་ང་རང་སྒོར་འབུད་དུ་མི་འཇུག་པར། ཆུ་ལོག་ཆེན་པོ་རྒྱུག་པ་ཡིན་པས་བསམ་ཡུལ་ལས་འདས་པའི་ཉེན་ཁ་མང་། ཡུངས་མ་ཟ་ཞོར་ཁྱིམ་དུ་སྡོད་ཟེར།

ཡུངས་མ་དུས་རྒྱུན་དུ་ཟ་མི་ཐུབ་ཅིང་། དེ་ནི་ཙོང་རྡོག་གི་ཆེ་ཆུང་ལྟ་བུ་དཀར་ཞིང་སྔོར་སྔོར་ཞིག་ཡིན། ཞིང་ནང་དུ་སྐྱེས་པ་སུས་ཀྱང་ཤེས་དཀའ། དེ་ཚོས་ན་ཙོང་རྡོག་གི་ཆེ་ཆུང་ཡོད་ཅིང་འཚོག་ཤུལ་ཡོད་ལ། ཟས་ན་ཞིམ་པོ་ཞིག་ཡིན།

ཡུངས་མའི་ཕྱེད་ཀ་ཟས་པས་ཕོ་བ་བརྒྱུགས་སོང་ལ། མཇུག་མཐར་ད་དུང་སྒོ་ཕྱི་རུ་འགྲོ་འདོད། ཉེན་འགའ་ཞིག་ལ་སློབ་གྲོགས་ཚོར་ངོ་མ་ཐུག་ཅིང་། ཁོ་ཚོ་ཡང་ང་དང་འདྲ་བར་ཁང་པའི་ནང་དུ་བཀག་ཡོད། ཡིན་ཡང་ངས་བསམ་ན“འདྲེ་ཁང་ནག”དེ་འདྲའི་ཚུལ་མཐུན་ཞིག་མིན་ཞིང་། ཁོའི་ཆུ་རྩལ་བཟང་ལ་ཤ་ཤེད་ཀྱང་རྒྱས་འདུག་པས། སྔ་མོ་ནས་སྒོར་ཡོང་ཡོད་འདོད།

ཡང་ཉེན་འགའ་འགོར་རྗེས། ཆུ་ལོག་ཕྱེད་ཙམ་བྲི་འདུག་ཅིང་ལོ་ཏོག་གི་གཞུང་རྟ་ཆུ་ཁར་བུད་ཡོད། ཨ་ཕས་བཤད་རྒྱུར། ལོ་ཏོག་ཉེན་འདི་དག

ལ་ཆུའི་ནང་དུ་སྦྲངས་པས་ཚང་མ་བེད་མེད་དུ་གྱུར་ཡོད་ཟེར།

ཉི་མ་སླར་ཡང་ཚ་གདུག་ཏུ་གྱུར་པ་དང་། བྱ་དང་རི་དྭགས་སྣ་ཚོགས་རིམ་བཞིན་ཕྱིར་ཐོན། ཐང་སྔོད་དུ་བྱ་ཡ་མཚར་ཅན་ཞིག་གྲག་པ་དང་། སྨོ་བོས་རྣ་བ་སླགས་ནས་ཉན་ཏེ། "འདི་ནི་ཆུ་ལོག་བྱ་རེད། ཆུ་ལོག་རྒྱུག་སྐབས་ད་གཟོད་ཡོད"ཟེར། བྱ་སྐད་ཁ་ཤས་མོས་ཀྱང་ཐོས་མ་མྱོང་བས"དེ་ནི་ཏ་ལམ་གསར་དུ་བྱུང་བའི་ཆུ་བྱའི་རིགས་ཤིག་ཡིན་ཤས་ཆེ། ཆུ་ལོག་རྒྱུག་ཚེ་མཐོང་མ་མྱོང་བའི་སྲོག་ཆགས་ཡོང་སྲིད་དེ། ཡ་མཚན་ཞིག་ཡིན"ཟེར།

ཨ་ཕས་ཆུ་འབུད་རུ་ཁག་དང་མཉམ་དུ་ཉིན་གང་པོར་ལས་ཀ་བརྒྱབ་པ་དང་། ཕྱིར་ཡུལ་དུ་ལོག་དུས་ཉ་ཁ་ཤས་ཁྱེར་ཡོང་བ་རེད། འདི་ནི་ལས་ཀའི་ཞོར་ནས་ཐོབ་པ་ཡིན་ལ། ཉ་ཏན་དེ་དག་སློ་བུར་དུ་ཛེ་མང་ལ་སོང་ཞིང་ལག་པ་བསྐྱིང་ན་འཛིན་ཐུབ། ཁྱིམ་དུ་ཉ་དྲི་ཐྲོ་བས་ཤིན་ཏུ་སྐྱིད་སྣང་ཞིག་ཡོད། ཨ་མས"ཉ་ཏན་འདི་འདྲ་ཆེན་པོ་ཟ་རྒྱུ་ནི་ལས་སླ་མོ་ཞིག་ག་ལ་ཡིན། འདི་ནི་ཆུར་སྦྲངས་པའི་ལོ་ཏོག་གིས་བརྗེས་ཡོང་བ་ཡིན"ཟེར། བདེན་པ་རེད། ཡིན་ཡང་ཉ་ཤ་ངོ་མ་ཞིམ་པོ་ཡོད།

ཆུ་ལོག་སླར་ཡང་བྲི་བས། སློབ་གྲོགས་ཚོ་ཡང་རིམ་བཞིན་སློར་ཡོང་བ་དང་། ཕོ་ཚོས་ང་རང་བོས་པས་ཨ་མ་ཡང་ཐབས་མེད་པར་ང་འགྲོ་རུ་བཅུག་སོང་། འོན་ཀྱང་ཡང་ནས་ཡང་དུ་ཆུར་རྐྱལ་མི་རུང་བའི་བསླབ་བྱ་བཏོན། ངས་ཀྱང་ཆུར་མི་རྐྱལ་བའི་ཁས་ལེན་བྱས་སོང་། ཡིན་ནའང་ཉ་ཏན་གྱི་གཉོག་པ་དམར་པོ་ཆུ་ཁར་གཡེང་ནས། གསེར་ནག་ལྟར་འོད་འཆེར་བས། ཆུ་ལ་མི་རྐྱལ་རང་དབང་མེད་པར་གྱུར།

སློ་བུར་དུ་ཇེ་དྲག་ལ་ཕྱིན་པའི“ཆུ་ཤུགས”ཀྱི་ཁྲིད་དུ། ཆུ་སྐྱེས་སྐྱེ་དངོས་ཡིན་ན་ཚང་མ་དགའ་བ་ཡིན་ཏེ། དཔེར་ན་འདམ་རྩྭ་རྒྱས་པ་ཤིན་ཏུ་སྟུག་ཅིང་མུ་མཐའ་མེད་པར་དམར་སྐྱའི་འདམ་རྩྭ་ཡིས་ཁྱབ་འདུག་པ་ལྟ་བུ། ཆུ་བྱ་ཡང་ཤིན་ཏུ་མང་སྟེ། སྡིར་མཐོང་བ་དཀོན་པའི་གསེར་གཤོག་བྱ་ཡང་ཡོང་ཡོད། ཉ་འཛིན་མཁན་ཤིན་ཏུ་མང་ལ། ཞིང་ཁ་དང་ཆུ་ཁ་གང་ས་གང་དུ་ཉ་རྒྱ་བཟུང་བའི་མི་ཡིས་བཀང་འདུག

ང་ཚོས་ཆུ་ལག་དང་ཆུ་ཀའི་ནང་དུ་ཉ་བཟུང་བ་དང་། ཉ་ཀན་ཉ་སྒྲུག་ཚང་མ་བཟུང་བ་ཡིན་ལ། ལུས་ཧྲིལ་པོ་འདམ་ཧོ་རུ་བཟོས། ང་ཚོས་བཟུང་བའི་ཉ་ཤིན་ཏུ་མང་བས། ཕྱིར་ཡུལ་ལ་ཁྱེར་བ་ལས་གཞན་ད་དུང་སློབ་གཙོ་དང་དགེ་རྒན་ལ་བྱིན་པ་ཡིན།

སློབ་གཙོ་དང་དགེ་རྒན་ཚོས་ང་ཚོ་ཉིན་ཁ་བརྒྱུད་ནས་ཆུར་འཛུལ་ཏེ་ཉ་བཟུང་བར་སྐྱོན་བརྗོད་ཚ་པོ་བྱས་སོད། འོན་ཀྱང་མཐར་ཐུག་ཏུ་དགའ་ནས་ཁ་ཡང་ཟུམ་མི་ཐུབ། ཁོ་ཚོས་དགའ་དགའ་སྤྲོ་སྤྲོའི་ངང་ནས་འཁང་ར་བཏོན་ཏེ། ཚང་མ་ལ་བསྟོད་པ་ཐོབ་པའི་ཚོར་བ་སྐྱེས་སུ་བཅུག་པས། ཕྱི་ཉིན་དེ་བས་ཧུར་བརྩོན་བྱས་པ་ཡིན། ང་ཚོས་སྔར་བཞིན་དགེ་རྒན་དང་སློབ་གཙོ་ལ་ཉ་ཀན་བྱིན།

ཆར་བ་ཆེན་པོ་དེས་མཚོ་ཁ་ཧྲིལ་པོ་འཛིག་རྟེན་གཞན་ཞིག་ཏུ་བསྒྱུར་ནས། ལོ་གཉིས་ཀྱི་རྗེས་སུ་ད་དུང་ཆུ་ལོག་གི་ཁྲུགས་སོ་རེ་རེ་མཐོང་ཐུབ། སྡེ་བའི་ནང་གི་རྒན་པ་ཚོས་འདི་ནི་ནམ་མཁའི་ཆུ་དང་ས་འོག་གི་ཆུ་འདྲེས་ནས་ལག་སྦྲེལ་བཏང་བ་ཡིན་པས། "ཆུ་ཤུགས"ཇེ་ཆེར་ཕྱིན་པ་རེད་ཟེར། འདིས་ང་ཚོར་སྐྱེ་དངོས་ཡོད་ཀུ་ལ"ཤུགས"ཡོད་པ་དང་། འཕེལ་འགྲིབ་ཡོད་ཅིང་དྲག་ཞན་ཡོད་པ་ཤེས་སུ་བཅུག་པ་ཡིན།

གློ་བུར་དུ་ཇེ་དྲག་ལ་ཕྱིན་པའི"ཆུ་ཤུགས"ཀྱི་ཁྲོད་དུ། ཆུ་སྐྱེས་སྐྱེ་དངོས་ཡིན་ན་ཚང་མ་དགའ་བ་ཡིན་ཏེ། དཔེར་ན་འདམ་རྩྭ་རྒྱས་པ་ཤིན་ཏུ་སྟུག་ཅིང་ས་མཐའ་མེད་པར་འདམ་རྩྭ་དམར་སྐྱ་ཡིས་ཁྱབ་འདུག་པ་ལྟ་བུ། ཆུ་བྱ་ཡང་ཤིན་ཏུ་མང་སྟེ། སྔར་མཐོང་བ་དཀོན་པའི་གསེར་གཤོག་བྱ་ཡང་ཡོང་ཡོད། ཉ་འཛིན་མཁན་ཤིན་ཏུ་མང་ལ། ཞིང་ཁ་དང་ཆུ་ཁ་གང་

ས་གང་དུ་ཉ་རྒྱ་བཟུང་བའི་མི་ཡིས་བཀང་འདུག

བྱིས་པ་ཁྲུ་དང་ཁྲུ་བྱས་ཏེ་ཆུ་བོའི་ཁུགས་སོ་ནས་ཆུར་རྐྱལ་བ་དང་། ལོ་ཚོ་ཆུང་དུས་ནས་ཆུར་རྩེ་བ་ཡིན་པས། ཉ་དང་ཁྱད་པར་ཆེན་པོ་མེད། སྡེ་བའི་ནང་གི་མིས་ཁོ་ཚོར“ཆུ་བྱིས་ཁྲུ་ཚོགས”ཞེས་སུ་འབོད།

ཟླ་འོད།

ཆེས་བརྗོད་དཀའ་བ་ནི་ཟླ་འོད་ཡིན། ས་ཆ་གཞན་པའི་མི་ང་ཚོས་བཤད་དཀའ་མོད། འོན་ཀྱང་རྒྱ་མཚོའི་ངོགས་ཀྱི་མི་ཞིག་ཡིན་ཕྱིན་ཟླ་འོད་བརྗོད་མི་སྲིད། རྒྱུ་མཚན་ནི་རྒྱ་མཚོའི་འགྲམ་ངོགས་ཀྱི་ས་ཆ་ཕོད་ཡངས་ཤིང་མུ་མཐའ་བྲལ་ལ། བཀག་དངོས་ཅི་ཡང་མེད་པས། གང་འདོད་ལྟར་འཕྲོས་ཚོག་ཅིང་། གནམ་ས་དཀར་གསལ་ལེར་བཏང་ཚོག་པས་རྐྱེན་གྱིས་ཡིན། དཀར་གསལ་ཟླ་བ་ཤར་བའི་མཚན་མོར། སུ་ཞིག་ཁྱིམ་དུ་བསྡད་འདོད་དམ།

ལོ་རེའི་དུས་ཚིགས་བཞི་པོར་ཟླ་འོད་གསལ་ཞིང་། ཟླ་འོད་ག་འདྲ་ལ་སྐྱིད་གོ་དེ་འདྲ་ཡོད། དཔེར་ན་དགུན་ཁར་ཆུ་ཐིགས་ཆབ་རོམ་དུ་ཆགས་ཤིང་། ཟླ་འོད་གསལ་བའི་མཚན་མོར་ང་ཚོ་ལྷོ་རྒྱུད་ཀྱི་སྡེ་བར་སོང་ནས་ལག་འཛིང་བྱས་པ་དང་། སྲང་བར་ནས་ཤར་རྒྱུག་བྱས་ཏེ་ལུས་ཧྲིལ་པོར་རྔུལ་ཆུ་བཞུར་བ་ཡིན། མཚན་མོ་དེ་འདྲ་ནི་ངོ་མ་སྐྱིད་པོ་ཞིག་ཡིན་ལ། བྱིས་པ་ཚོས་རུ་ཁག་མི་འདྲ་བ་རྩ་འཛུགས་བྱས་ཤིང་། རུ་ཁག་རེ་ལ་སྣེ་ཁྲིད་པ་རེ་ཡོད་དེ། བཀའ་བརྡ་བསྒྲགས་མ་ཐག་འཐབ་མོ་བ་ཚོ་མྱུར་དུ་སྐྱུང་བ་སྟེ། ལ་ལ་ཤིང་རྟའི་གཤམ་དུ་འཛུལ་བ་དང་། ལ་ལ་གྱང་ཁར་འགོས་པ་རེད། ལ་ལ་ཞིག་རྩྭ་ཕུང་དུ་འཛུལ་ཞིང་ལ་ལ་ཞིག་ཁལ་རྟ་ལ་འབྱར་ནས་

སྤྱོད་པ་རེད། ཕ་རོལ་བས་འདི་གའི་དམག་ཤུགས་འདི་ལྟར་བཀོད་སྒྲིག་བྱེད་པ་སློ་ཡུལ་ལའང་ཤར་དཀའ་བས། ཕམ་ཁ་མི་ཁྱེར་ཐབས་ཤེས་མེད།

ཁ་བ་ཆེན་པོ་བབས་ན་བསྡུད་མར་ཟླ་སྦྱེད་རིང་ལ་ཞུ་དཀའ་བས། གངས་རིལ་ནི་ལག་ཆ་ལེགས་པོ་ཞིག་ཡིན། དགྲ་དམག་མཐོང་མ་ཐག་གངས་རིལ་མདའ་མོ་ལྟར་འཕངས་པ་ཡིན་ལ། དགྲ་དམག་རྣམས་བྲོས་ནས་གར་སོང་ཆ་མེད་དུ་འགྱུརཞིང་། ཁ་འཐོར་དུ་འཁྱམས་པའི་དམག་མི་ཁ་ཁེར་ལས་འཛིན་མི་ཐུབ། དེ་ཚོ་གཙུན་པའི་ཐབས་ནི་གོང་བའི་ནང་དུ་གངས་རིལ་འཇུག་རྒྱུ་དེ་ཡིན། ཕོ་ཚོར་སེམས་སྲིག་པ་ནང་བཞིན་རྐང་པ་ཡ་གཅིག་གིས་བྲོས་ཏེ། འབྲོ་ཞོར་དུ་སློད་པ་བྱེད།

དབྱར་ཁའི་ཟླ་འོད་མཚན་མོར་མཚོ་རྒྱུད་དུ་སོང་ནས་ཉ་རིགས་ཚོང་ཁང་གི་བདག་གཉེར་བགྲེས་པོ་འཚོལ་བ་ཡིན། བགྲེས་པོ་དེ་ཚོས་ཟླ་བ་འཆར་མ་ཐག་ཏུ་སྒོར་བུད་ནས་ཆང་འཐུང་བའི་མགོ་རྩོམ་ཞིང་། ཆང་ཕོར་གཡུག་ནས་འདོད་གཏམ་ལབ་པ་རེད། ཟླ་འོད་གྱི་མཚན་མོར་འདྲེ་གཏམ་ལ་ཉན་ན་ངོ་མ་སྐྲག་སྣང་སྐྱེས་པ་ཞིག་དང་། སྐྲག་ནས་བསྲུན་མ་ཐུབ་ཚེ་མཚོ་ཆུའི་ནང་དུ་འཛུལ་བ་ཡིན། ང་ཚོས་མཚོ་སྲིན་ལ་སྒྲུག་པ་ཡིན་ལ། དེ་ཚོ་རྒྱུན་དུ་ཟླ་འོད་དང་བསྟུན་ནས་མཚོ་སྐྱོད་བྱེད།

མཚོ་ངོགས་ཀྱི་བགྲེས་པོ་ཡོད་ཚད་ཚང་མ་ང་ཚོའི་གྲོགས་པོ་ཡིན། ཕོ་ཚོས་ང་ཚོར་གཏམ་རྒྱུད་བཤད་པ་དང་། ང་ཚོས་ཀུ་བ་བརྐུས་ནས་ཕོ་ཚོར་ཟ་རུ་བཙུག་པ་ཡིན། ཕོ་ཚོས་ཟ་གིན་ཟ་གིན་ལྟོ་སྐྱ་ཞིག་ཏུ་གྱུར་པ་དང་། ང་ཚོར་ངན་སྐུལ་བྱས་ནས་ནགས་རའི་ཁང་དུ་སེའུ་དང་ཁམ་བུ་བརྐུ་རུ་འཇུག་པ་དང་། ཞིང་ནང་ནས་མ་སྨིན་པ་ཏོག་ལྗང་ཁུ་དང་བ་དན། ཡུངས་

དཀར་བཅས་བརྒྱ་རྩ་འཛུག དེ་དག་བརྒྱུས་ཡོང་རྗེས་ང་ཚོ་དང་བགྲེས་པོ་ཚོས་བརྒྱུས་འབྲས་བགོ་བ་དང་། དེ་ནས་སླ་ངའི་ནང་དུ་བཙོ་བ་ཡིན་ལ་ཚྭ་སྦྱར་བ་གང་བཏབ།

ང་ཚོ་ཚང་མས་ཆང་རྟུབ་གང་རེ་འཐུང་བ་དང་། ཚོང་ཁང་གི་མདུན་དུ་བསྡད་དེ་མཚོ་ངོགས་བྱེ་ཐང་གི་ལྟད་མོར་བལྟས་ཏེ། ཆུ་བོ་ལྟ་བུའི་ཟླ་འོད་དེ་ཐག་རིང་གི་རྫ་ཡི་འདབ་མའི་ཐོག་ཏུ་འཕྲོས་ཤིང་། སྲོག་ཆགས་ཆུང་དུ་མང་པོའང་དེར་བསྡུན་ནས་གོག་འོངས་པ་རེད། ཁུ་ཚུར་གྱི་ཆེ་ཆུང་ལྟ་བུའི་དངོས་པོ་དེ་ནི་བྱེ་བྱེ་ཡིན་པ་དང་། གོང་འཁྱིལ་དང་གོག་འགྲོ་བྱེད་པ་ལྟ་བུ་དེ་ནི་ཀང་ཡིན། ཕུ་ཐག་ཐག་བྱས་ཏེ་མཐོ་ས་ནས་འཕུར་ཡོང་བ་ནི་ཙུག་པ་ཡིན། སེར་ཞད་ཆེ་ཞིང་རྒྱུན་འགྲོ་བྱེད་པ་དེ་ནི་ཕ་མོ་ཡིན།

སྔོན་ཁར་ང་རང་འགྲོ་བར་དགའ་ས་ཞིག་ནི་ནགས་རའི་ཁང་ཡིན། སིལ་ཏོག་སྣ་ཚོགས་སྨིན་ནས་དྲི་ཞིམ་འཐུལ་ཡོང་། ནགས་ར་སྲུང་མཁན་གྱིས་ཚུགས་ཀ་བཟུང་ནས་པོའུ་རིང་ཁུར་ཡོད་མོད། དོན་དམ་པར་པོའུ་རྫེའུ་མེད། དེ་ནི་ནགས་རའི་ཁང་གི་བཀའ་བརྡ་ཡིན། རྒྱ་མཚན་ནི་ནགས་ར་སྲུང་མཁན་ཚང་མའི་གཤིས་ཀ་རྩུབ་པོ་ཡིན་ཞིང་། སིལ་ཏོག་བརྐུ་མཁན་མཐོང་ཚེ་དོན་ངོ་མར་པོའུ་རྒྱག་པ་ཡིན་པས། ཁོ་ཚོར་པོའུ་སྟོང་ཁུར་དུ་བཅུག་པ་རེད། ཁོ་ཚོ་སྤྱང་གྲུང་གཏེ་ངན་ཏག་ཏག་ཡིན་པས། ཉིན་མོར་གཉིད་པ་དང་མཚན་མོར་ལྭ་བ་རིང་པོ་ཞིག་གྱོན་ཏེ་སྟོང་པོའི་ཡལ་གའི་སྟེང་དུ་སྐྲུང་ནས་སྲུང་བ་རེད།

ང་ཚོར་ནགས་ར་སྲུང་མཁན་ལ་ཁ་གཏད་བྱེད་པའི་ཐབས་མང་པོ་ཡོད། ཐོག་མར་སར་ཉལ་ནས་ཞིབ་ལྟ་བྱེད་པ་དང་། དཀར་གསལ་གསལ་

ཀྱི་ཟླ་འོད་འོག་ཁྲིབ་མ་ཅི་ཡང་མི་མཐོང་ན། ཁོ་ཚོ་སྡོང་མགོར་སླུང་ཡོད་པ་ཡིན། དེ་ནི་མགོ་འཁྲོམ་པར་བྱེད་པའི་དོན་ཞིག་ཡིན། ང་ཚོ་རུ་ཁག་གཉིས་སུ་བགོས་ཤིང་། རུ་ཁག་གཅིག་གིས་བསམ་བཞིན་དུ་ནགས་རའི་གཞོགས་གཅིག་ནས་ཁུབ་ཤོབ་བསྒྲགས་ཏེ། ནགས་ར་སྲུང་མཁན་སྡོང་མགོ་ནས་མར་འབབ་ཏུ་བཅུག་པ་དང་། རུ་ཁག་ཅིག་ཤོས་ཀྱིས་བརྐུ་མགོ་རྩོམ་པ་ཡིན། སེའུ་དང་ཀུ་ཤུ་མང་པོ་བརྟོག་རྗེས། ནགས་རའི་ཁང་གི་ཕྱོགས་སུ་ཐྲིས་པ་དང་། ང་ཚོ་རྒྱུན་པར་འཁྱིག་སྡོང་ཆེན་པོ་དེའི་འོག་ནས་འདུས་ཏེ། བརྐུས་འབྲས་ལ་རོལ་སྤྱོད་བྱེད།

དཔྱིད་ཀར་མཚོ་རྒྱུད་ཡོངས་ཀྱི་ཆོས་སེར་སྡོང་པོར་མེ་ཏོག་བཞད་པ་དང་། དེས་ཉིན་མོར་ཉི་མར་ལྡེ་ཞིང་མཚན་མོར་ཟླ་འོད་ལ་བརྟེན་ནས་དྲི་བསུང་གཏོང་བ་ཡིན། དྲི་བསུང་དེ་སྐྱེ་བ་ཡོངས་སུ་ཁྱབ་ཅིང་སྐྱེ་བ་ཡོངས་ཀྱི་མི་རྣམས་ཚུལ་མཐུན་དུ་སྡོད་དུ་མི་འཇུག དུས་རྒྱུན་ས་རུབ་མ་ཐག་གཉིད་དུ་ཡུར་བའི་བགྲེས་པོ་དག་གཉིད་སངས་ནས། ཕང་སྣམ་ཐོགས་ཏེ་སྒོར་བུད་པ་དང་འགྲོ་ཞོར་དུ་ཤབ་ཤུབ་སྨྲ་བ་ཡིན། བྱིས་པ་སྐོར་ཞིག་སྲུང་ལམ་དུ་ཤར་རྒྱུ་བྱེད་ཅིང་། བགྲེས་པོ་ཚོས་སྐད་ལོག་བརྒྱབ་སྟེ་བྱིས་པ་འདི་ཚོས་ཁོ་ཚོ་གཉིད་དུ་མ་བཅུག་པ་ཡིན་པར་འདོད།

ཆོས་སེར་སྡོང་པོའི་དྲི་བསུང་དེ་ཏ་ལམ་ཉིན་ཉི་ཤུ་ལྷག་གི་རིང་ལ་འཐུལ་བ་ཡིན། དེ་ལས་ཟླ་ཕྱེད་ཙམ་གྱི་རིང་ལ་བསུང་ཤེད་ཤིན་ཏུ་ཆེ། ཉིན་འདི་གའི་རིང་ནི་རྩེད་འཛོ་བྱེད་རྒྱུ་གཙོ་བོ་ཡིན། མཚན་མོར་སློབ་ཚོ་སྐྱེ་བའི་ནང་གི་མི་རྣམས་ཁྱུ་ཁྱུ་བྱས་ནས་བསྡད་དེ་ཁྱིམ་དུ་ལོག་མི་འདོད། ང་ཚོ་སྲུང་བར་ནས་རེ་ཞིག་ལ་རྩེ་རྗེས་དོན་སྙིང་མེད་པར་འདོད་ནས།

དཔྱིད་ཀར་མཚོ་རྒྱུད་ཡོངས་ཀྱི་ཆོས་སེར་སྔོང་བོར་མེ་ཏོག་བཞད་པ་དང་། དེས་ཉིན་མོར་ཉི་མར་ལྷེ་ཞིང་མཚན་མོར་ཟླ་འོད་ལ་བརྟེན་ནས་དྲི་བསུང་གཏོང་བ་ཡིན། དྲི་བསུང་དེ་སྐྱེ་བ་ཡོངས་སུ་ཁྱབ་ཅིང་སྐྱེ་བ་ཡོངས་ཀྱི་མི་རྣམས་ཚུལ་མཐུན་དུ་སྡོད་དུ་མི་འཇུག དུས་རྒྱུན་ས་ཉུབ་མ་ཐག་གཉིད་དུ་ཡུར་བའི་བགྲེས་པོ་དག་གཉིད་སད་ནས། ཁང་སྣམ་ཐོགས་ཏེ་སྒོར་བུད་པ་དང་འགྲོ་ཞོར་དུ་ཤབ་ཤུབ་སྨྲ་བ་ཡིན། བྱིས་པ་སྐོར་ཞིག་སྲང་ལམ་དུ་ཤར་རྒྱུ་བྱེད་ཅིང་། བགྲེས་པོ་ཆོས་སྐད་ལོག་བརྒྱབ་སྟེ་བྱིས་པ་འདི་ཆོས་པོ་ཚོ་གཉིད་དུ་མ་བཅུག་པ་ཡིན་པར་འདོད།

དབུགས་ཐེངས་གཅིག་གིས་སྡེ་བ་ལས་བྱུང་དེ་མཚོ་ཁའི་བྲེ་ཐང་དུ་ཡོང་ནས། ཚོས་སེར་སྔོང་པོ་ཆུན་པོ་རེ་རེའི་རྩར་བསྡད་པ་ཡིན།

མེ་ཏོག་བཞད་པ་ཆེས་མང་བའི་དུས་སུ། ཚོམ་བུ་རེ་རེ་བཞིན་བསྡུར་འདུག་པས་ཡལ་གའང་མནན་ནས་ཆག་ལ་བྲེད། སྤྲིན་འབུ་ཁ་ཤས་ཀྱིས་ཀྱང་མཛེས་པའི་མེ་ཏོག་དང་བཀར་གསལ་གྱི་ཟླ་འོད་ཀློས་མ་ཚོད་པར་གར་དུ་རྩེན་པ་རེད།

ཉིན་ཞིག་གི་མཚན་མོར་ང་ཚོ་བྲིས་པ་ཚོ་མཚོ་འགྲམ་དུ་རྩེད་སྐབས། འདུག་ཡུན་རིང་དྲགས་ནས་ཕོ་བ་ལྟོགས་པས། ཚོས་སེར་མེ་ཏོག་བཏོག་ནས་ཟས་པ་ཡིན་ལ། ཕོ་བ་བརྒྱུགས་རྗེས་ཚ་ལམ་ལམ་གྱི་རྩྭ་ཐང་དུ་ཉལ་ནས་བསྡད་དེ། འབུ་མེ་ལྕེབ་འཕུར་བར་བལྟས། སྐབས་འདིར་ཚང་མས་སྐད་སྒྲ་དང་གོམ་སྒྲ་ཐོས་པ་ཡིན། དེ་ནས་སྔོང་པོའི་ཕག་ཏུ་བསྡད་ནས་བཙལ་བ་ན་སྐྱེས་པ་ཕོ་མོ་གཉིས་མཐོང་། སྐྱེས་པས་རྒྱབ་ལག་བཅངས་པ་དང་སྐྱེས་མས་རལ་བར་བྱུག་བྱུག་བྱེད།

མ་གཞིར་ང་ཚོའི་སློབ་གསོ་དང་འཛིན་བདག་གཉིས་རེད།

སྐྱོན་ཅི་ཡང་མ་ལས་མོད། ང་ཚོ་ཚང་མ་ཧུང་སྐྲག་སོང་། སྙིང་ལྡིག་ལྡིག་ཏུ་འཕར་ཤིང་བྱས་ནས་གདོན་ཐབས་བྲལ། ས་ཆ་འདི་འདྲ་ཞིག་ནས་ཁོ་ཚོར་འཕྲད་པས་བྱ་བ་ངན་པ་ཞིག་བསྒྲུབས་པ་དང་མཚུངས། ང་ཐོག་དང་པོར་རྩ་ཐོག་ནས་དྲང་མོར་ལངས།

སློབ་གསོ་དང་འཛིན་བདག་གཉིས་དངངས་སྐྲག་ལངས་པ་དང་། མདུན་དུ་བཅར་ནས་བལྟས་ཏེ་ང་ཡིན་པ་ཤེས་པས། “ཨོ”ཟེར།

ངའི་མགྲིན་པར་སྐྱོན་ཞུགས་ནས། ཁ་དིག་ལྕེ་དིག་བྱས་ཏེ། “ང་ཚོ་

རྒྱུན་དུ་འདི་འདྲ་ཞིག་མིན། གཙོ་བོར་ཁྲིམ་དུ་ལས་བྱ་བྲིས་ན……”ཞེས་བཤད།

སློབ་གྲོགས་གཞན་རྣམས་ཀྱང་ཡར་ལངས་ཤིང་། ཁ་སྐྱེངས་ངོ་སྐྱེངས་བྱས་ནས། སློབ་གཙོ་དང་འཛིན་བདག་ལ་བལྟ་མི་ཕོད་པར་གྱུར།

སློབ་གཙོས་ལག་པ་རྒྱབ་ཏུ་བཅངས་ནས་ཕར་ཚུར་འགྲོ་འོང་བྱེད་བཞིན་དུ། “ངལ་གསོ་འོས་འཚམ་བྱེད་རྒྱུ་དེ་དགོས་གལ་ཞིག་ཡིན། ང་ཚོས་ཀྱང་སློབ་ཁྲིད་ཀྱི་ཁྲིད་ཟིན་བྲིས་ནས་ངལ་བ་བྱུང་བས་འདིར་འཁྱམ་འཁྱམ་དུ་འོངས་པ་ཡིན། ཟླ་བའི་འོད་མདངས་ཇི་འདྲའི་གསལ་བ་ལ། ཚོས་སེར་སྔོང་པོ་ཇི་འདྲའི……”ཟེར།

ཁོ་ཚོས་ཁ་བརྡ་ཞུང་ཙམ་བྱས་རྗེས། ང་ཚོར་བདེ་འཇགས་ལ་སེམས་ཚང་བྲོས་ཟེར་ནས་ཕྱིར་བུད་སོང་།

མིག་ལམ་ནས་ཡལ་རག་བར་དུ་ང་ཚོས་པོ་གཉིས་ཀྱི་རྒྱབ་གཟུགས་ལ་བལྟས། དེ་ནས་ཚང་མས་སྐད་ཡང་དགའ་འཐོད་བྱེད་ཅིང་། གང་དགར་ཚོས་སེར་སྔོང་པོའི་མེ་ཏོག་འགའ་བཏོག་ནས་ཁའི་ནང་དུ་བཙངས་པ་དང་། སྔོང་གསིང་ནས་བདའ་རེས་བྱེད་བཞིན་དུ།

“ཟླ་བ་འདི་ཇི་འདྲའི་གསལ་བ་ལ། ཚོས་སེར་སྔོང་པོ་ཇི་འདྲའི་མཛེས་པ་ལ”ཞེས་ཀི་བཏབ།

སྒྲུང་ཚང་སློག་པ།

མཚོ་འགྲམ་དུ་འཚོ་བ་རྟོལ་ན། རྒྱལ་ཐོད་ནི་ཆེས་གལ་ཆེ་བ་ཞིག་ཡིན། འདི་གར་ཕ་མེས་ཡང་མེས་ཀྱི་རིང་ལ་ཚང་མས་རྒྱལ་ཐོད་ལ་གོང་བཀུར་བྱེད་ཅིང་། བཤད་མི་ཚར་བའི་གཏམ་རྒྱུད་ཡོད། ཆེས་རྒྱལ་ཐོད་ལྡན་པའི་མི་ནི་གནའ་སྔ་མོར་འཚོ་བ་ཡིན་ལ། སྔ་བའི་ནང་གི་བགྲེས་པོ་ཚོས་བཤད་ན། འདི་གར་ལག་སྟོང་དུ་སྒྲུང་གི་བསད་པའི་མི་སྐྱེས་མྱོང་ཞིང་། ད་དུང་མི་ལ་ལ་གཙང་པོའི་ནང་དུ་ཆུ་རྒྱལ་བྱེད་དུས་གདུག་རྩུབ་ཆེ་བའི་འབྲུག་གིས་བཟུང་བ་དང་། ཁོ་ཁོང་ཁྲི་རབ་ཏུ་ལངས་ནས་འཛིང་རེས་བྱས་ཏེ་གདུག་རྩུབ་ཆེ་བའི་འབྲུག་དེ་བསད་པ་ཡིན་ཟེར། དཔའ་པོ་ཚོར་རྣམ་དང་མིང་གི་བརྗོད་པ་ཡོད་པས། ཡིད་མི་ཆེས་ཐབས་མེད་པ་ཞིག་ཡིན།

ད་ལྟའི་མི་ནི་སྙིང་ཆུང་སྤྲེར་མ་ཡིན་ལ། ས་རྣབ་ཚེ་སྣོར་འབུད་མི་ཐོད། མཚོ་འགྲམ་གྱི་ནགས་གསེང་དུ་གཅན་གཟན་མེད་པས། དེ་འདྲ་མང་པོའི་དཔའ་རྒྱལ་མི་མགོ། ང་ཚོས་ད་ལྟ་དུས་རྒྱུན་དུ་ཆེ་ཞིང་གཏུམ་པོའི་གཅན་གཟན་དེ་དག་དྲན་པ་དང་། སྔོན་རབས་དཔའ་རྒྱལ་ཚོས་བསད་ཚར་བར་སེམས་ཕངས་པ་ཞིག་ཡོད། དོན་དེ་ཁོ་ནའི་ཐོག་ནས་ཀྱང་སྔོན་ཆད་ཀྱི་དུས་རབས་སུ་དཔའ་རྒྱལ་ཤིན་ཏུ་མང་བ་ཤེས་ཐུབ། སློབ་གྲྭའི་ཁོར་ཡུག་མང་པོ་

ཞིག་དང་། སློབ་དེབ་ཀྱི་ཐོག་ཏུ་བཤད་ཡོད་པ་ཡང་སྨྲས་ཅི་དགོས་ཏེ། རྟག་ཏུ་ཚང་མར“ལས་ལ་བརྩོན་ཞིང་དཔའ་སྙིང་ཆེ་བའི”སྐུལ་བརྗོད་གཏོང་བ་ཡིན། “ལས་ལ་བརྩོན་པ”ནི་སྒྲུབ་སླ་མོད། “དཔའ་སྙིང་ཆེ་བ”དེ་སྒྲུབ་དཀའ་མོ་ཞིག་འདུག

ང་ཚོ་ཚང་མས་མཚོ་འགྲམ་གྱི་ནགས་གསེང་དུ་རྩེད་འཇོ་བྱེད་ཅིང་། རྟག་ཏུ“རྒྱལ་ཐོད”ཅིག་བྱེད་འདོད་ནས། སྡོང་བོའི་མཐོ་སར་འཛེག་སྟེ་མར་མཆོང་བ་དང་། རྐང་རྗེན་དུ་ཚེར་སྡོང་སྨུག་པོར་སྐྱེས་པའི་ལྗོན་པའི་ཚལ་ནས་སོང་སྐྱོང་། ལག་པ་བསྐྱིངས་ན་མཛུབ་མོ་མི་མཐོང་བའི་མཚན་མོར། ཤིང་བོའུ་ཞིག་རྐེད་བཅངས་བྱས་པ་ན་ང་ཚོ་ཆེས་སྨུག་པོའི་ནགས་ཚལ་དུ་འགྲོ་ཡོད་པ་ཡིན། མཚོ་ཐོག་ནས་ཉ་འཛིན་པའི་མགོ་བ་ལ་ཚང་མ་ཞེད་སྣང་ཆེ་ཞིང་། ང་ཚོ་བདའ་འདེད་བྱེད་པའང་རྒྱུན་ལྡན་ཞིག་ཡིན་ཏེ། ང་ཚོ་ཚང་མས་རྡོག་རྩ་གཅིག་སྒྲིལ་གྱིས་ཡ་ལན་སྤྲོད་པ་ཡིན་ཏེ། ཐབས་བཀྱེ་རྫུས་སྐོར་གྱིས་ཁོའི་གང་ཟག་བཀུས་ནས་མཚོ་ནང་དུ་འཕངས་པ་དང་། ཁོའི་ཆང་ཐོར་ནང་དུ་ཁ་ཚ་རེ་གཉིས་འཕེན་པ། མཛུག་མཐར་ད་དུང་ཞེ་གནག་བཅངས་ནས། ལག་གྱུག་ཆེ་ཆུང་གི་རྐང་ཞིག་བཟུང་སྟེ་ཁོའི་མལ་ཁྲིལ་ནང་དུ་བཅུག་པ་སོགས་ལྟ་བུ།

ནགས་ཚལ་དུ་ཆེས་སྐྲག་པ་ནི་དུག་སྦྲང་གི་ཚང་གོར་ཆེན་པོར་འཕྲད་པ་དེ་ཡིན་ལ། ཡལ་གའི་མགོར་དཔྱངས་ཡོད་པ་དང་། དེའི་ཐོག་ཏུ་དུག་སྦྲང་བབས་འདུག་པས། མཐོང་བ་ཙམ་གྱིས་སྙིང་རྩ་འདར་བ་ཞིག་ཡིན། ང་ཚོ་སྦྲང་ཚང་དང་འཕྲད་ཚེ་རྐང་འཇབ་ལག་འཇབ་བྱས་ཏེ་རྒྱང་བསྐོར་ནས་སོང་བ་ཡིན་མོད། འོན་ཀྱང་ཉེ་བའི་དུས་ཡུན་ཞིག་ཏུ་ངས་སྦྲང་ཚང་

མཐོང་ཚེ་ལག་པར་ཟ་འཕྲུག་ལངས་པ་ཞིག་ཡིན། ཉིན་ཞིག་ལ་ཡང་བསྐྱར་སྤྲང་ཚང་ཆེན་པོ་ཞིག་མཐོང་། ཚང་མ་རྒྱུད་བསྐོར་ནས་སོང་བ་དང་ང་རང་ཉེ་སར་གཙར་ནས་བལྟས་པ་ཡིན། ཡུད་ཙམ་ལ་བལྟས་ནས་ཁོ་ཚོར་བཤད་རྒྱུར།

"ངས་འདི་མར་འཕེན་རྒྱུ"ཟེར།

ཚང་མས་ངས་ཁ་ཕོ་བཤད་གིན་ཡོད་ཟེར། ལ་ལས་ད་དུང་"དེས་ན་ལྷ་བ་མཐུག་པོ་དང་ཁ་ངོ་ཚང་མ་བཏུམ་དགོས"ཟེར། ཡང་ལ་ལས"ཁྱོད་ཀྱིས་མེར་བསྲེག་གམ། ནགས་ཚལ་དུ་མེ་སྤར་མི་ཆོག"ཅེས་ཟེར། ང"དབྱུག་པ་གཅིག་གིས་ཆོག"ཅེས་བཤད།

སྐབས་དེར་ངས་ཅི་ལའང་བསམ་བློ་མ་བཏང་བར། སེམས་སུ"རྟུལ་ཕོད"ཀྱི་ཡིག་འབྲུ་གཉིས་ལས་མེད། ངས་སྦོམ་ཞིང་རིང་བའི་དབྱུག་པ་ཞིག་བཅལ་ནས། ཚང་མ་ཐག་རིང་ནས་སྐྱུང་དུ་བཙུག ཁོ་ཚོ་སྐྲག་ནས་དབུགས་ཀྱང་ལེན་མི་ཐུབ་པར་ཐྲིས་སོང་བ་རེད། ཡུད་ཙམ་ལ་ཕྲིས་རྗེས་མི་ལ་ལས་ངའི་ལྟག་རྒྱབ་ནས"ཨ་ཡེ། ད་ཆོག་ནི་ཁྱོས། དུག་སྦྲང་གིས་མི་ལ་དུག་མདུང་གིས་བསྣུན་ནས་གསོད་སྲིད། སྟོན་ཆད་བསད་སྒྲོང་བ་རེད"ཅེས་བཤད།

སྐབས་འདིར་ང་རང་དབང་མེད་པར་ལངས་ཤིང་མགོ་ཤའང་སྤྲིད་པའི་ཚོར་བ་བྱུང་། ངས་སྔོན་ཆད་ནགས་རའི་ཁང་ནས་བྱུང་བའི་དོན་དག་དེ་ཡིད་ལ་དྲན་བྱུང་སྟེ། བཟོ་པ་རྒན་པ་ཞིག་གིས་སེམས་ཆུང་མ་བྱས་པར་སྤྲང་ཚང་ལ་རེག་པས། དུག་སྦྲང་གིས་བསྣུན་ནས་བརྒྱལ་སོང་བ་དང་། སྨན་ཁང་དུ་བསྐྱལ་རུང་སྐྱོབ་མ་ཐུབ་པར་ཤི་སོང་བ་རེད། ད་ནི་ངས་ཅི་

ཞིག་བྱ། དབྱུག་པ་སྐྱུར་དགོས་སམ། དེ་ལྟར་ག་ལ་རུང་སྟེ། མ་མགལ་སོ་ལ་བཙངས་ཏེ་ལྕུ་མཐུད་དུ་སྔོན་ལ་ཕྱིན། རང་གིས་རང་ལ་སྐྲག་བསྐུར་དོན་མེད། བཟོ་པ་རྐན་པ་དེའི་དགྲ་ཤ་ལེན་དགོས་ཞེས་བཤད།

ངའི་རྗེས་འདེད་མཁན་དེ་ཡང་ཐྲོས་ཏེ། རྒྱང་རིང་གི་ནགས་གསེང་ནས་སྐྱུང་བསྡད་ཡོད།

ངས་སྦྲང་ཚང་གི་འོག་ནས་ཡར་བལྟས། དེ་ནི་དུས་ངེས་མེད་དུ་འགགས་པའི་ས་འོག་འབར་མདེལ་ཞིག་དང་མཚུངས་ལ། ནག་རིལ་རིལ་གྱི་ཕྱི་ཚུགས་ཀྱང་ས་འོག་འབར་མདེལ་ཞིག་དང་འདྲ། ང་ཁ་ཕྱིར་འཁོར་ནས་ཁོ་ཚོར་བལྟས་པས་ཁོ་ཚོ་ཚང་མ་ཐག་རིང་དུ་སྐྱུང་ཡོད་པ་ཤེས། ཁོ་ཚོའི་ཁྲོད་ཀྱི་མི་ལ་ལས་ཡ་མཚར་སྐྱེས་ནས་མགོ་འབུར་བཏང་སྟེ་བལྟ་བཞིན་ཡོད། ངས་ཐེ་ཚོམ་མ་བྱས་པར་ལག་པ་གཅིག་གིས་ཁ་ངོ་བཀབ་པ་དང་། ལག་པ་གཅིག་གིས་དབྱུག་གུ་ཐོགས་ནས་ཤེད་ཀྱིས་ཐེངས་འགར་བརྒྱབ་པ་ན། དུག་སྦྲང་གི་ཚང་གོར་ཐང་དུ་ལྷུང་ཡོང་།

གནམ་འགེབས་ཉི་སྒྲིབ་ཀྱི་དུག་སྦྲང་ངའི་ཐོག་ལ་ཕྱོགས་ཡོང་། ང་ཡང་དེ་མ་ཐག་ཐྲོས་ནས་བྱེ་མའི་ཐང་ནས་འགྲེ་ལོག་བརྒྱབ་པ་དང་། ལག་པ་གཉིས་ཀྱིས་གང་བྱུང་དུ་གཡུགས་ཏེ། སྐབས་སླགས་བཙལ་ནས་སྔོན་ཐུང་གི་ཚལ་ཞིག་ཏུ་འབྲོ་རྩིས་བྱས། ངས་རང་ཉིད་ལ་ག་ཚོད་ཅིག་བསྣུན་པ་མི་ཤེས་ཤིང་། ན་ཟུག་ཀྱང་མ་ཤེས་པར་དུག་སྦྲང་ལ་འཐབ་པ་དང་། རྣ་རྩར་དུག་སྦྲང་གི་སྒྲ་ཡིས་ཁྱབ་འདུག

ག་ཚོད་འཁོར་བ་མི་ཤེས་པར་ངས་མིག་ཕྱེ་ནས་བལྟས་པ་ཡིན་ཏེ། སྔོན་ཐུང་གི་གོང་དུ་དུག་སྦྲང་ཁ་ཁེར་མ་གཏོགས་མེད། ང་སྔོན་ཐུང་གི་

ཚལ་ལས་ཕྱིར་བུད་དེ“སྙིང་ཆུང་སྤྱེར་མ་ཚོ། ཕྱིར་ཤོག་དང”ཞེས་ཀི་བཏབ།

ཚང་མ་རང་རང་ས་ནས་ཕྱིར་བུད་པ་དང་། ངའི་མཐའ་ནས་བསྐོར།

“ཀྱེ་མ། འདིར་ལྟོས་དང་། འདི་ན……”

“མགོ་དང་ངོ་ཚང་མར་བསྣུན་ཡོད། ན་ཟུག་ཨེ་ཡོད། ”

ང་ལ་ད་གཟོད་ན་ཟུག་སྐྱེས་པའི་ཚོར་བ་བྱུང་། ཡིན་ཡང་ངས་བཟོད་བསྲན་བྱས། ངས་པོ་ཚོར“སྐྱོན་མེད། ངས་བཟོ་པ་རྒན་པོའི་དགྲ་ཤ་ལེན་དགོས”ཞེས་བཤད།

“ད་ཅི་དུག་སྦྲང་སྤྲིན་ནག་འཁྲིགས་པ་ལྟར་ཁྱོད་གང་དུ་སོང་ན་དེ་གར་འཁོར་ཡོང་བས། ངས་ད་རེབ་ད་ཚར་སོང་སྙམ……”

“ཁྱོད་བྲོས་པ་ཤིན་ཏུ་མགྱོགས་ཤིང་། བྱེ་ཐང་དུ་འགྲེ་ལོག་བརྒྱབ་པ་འགྲིག་སོང་། དེ་མིན་ཚེ……”

པོ་ཚོས་ད་དུང་སྐྲག་སྐྲག་འདར་འདར་དུ་གླེང་མོལ་བྱེད།

ང་ལ་ན་ཟུག་སྐྱེས་ནས་བཟོད་དཀའ་བས། མགྱོགས་མྱུར་ཡུལ་ལ་ལོག་ན་འདོད་བྱུང་། མི་ལ་ལས་སྔོ་བརྟེན་སྨན་ཁང་དུ་སྨན་བཅོས་བྱེད་དུ་སོང་ན་འགྲིག་ཟེར། ངས་བཟློག་པ་ཡིན་ལ། སྐྱོན་ཅི་ཡང་མེད་ཅེས་བཤད།

ཡུལ་དུ་ལོག་རྗེས་མ་ཞང་སྐྲག་སོང་བ་རེད། མོས་ཅི་བྱུང་བ་ཡང་འདྲི་ཁོམ་མ་ཡོང་བར་སྨམ་ཆུང་ཞིག་གི་ནང་ནས་སྨན་ཆུ་བླངས་ནས་བྱུགས་པ་རེད། བསྡོམས་པས་གནས་ས་བདུན་ལ་བསྣུན་ཡོད་པ་དང་། གནས་ས་གསུམ་ནི་ངོ་རུ་ཡོད། གནས་ས་གཉིས་མགོ་སྐྲའི་གསེང་ན་ཡོད་ལ། སྐེ་དང་དཔུང་བར་རེ་རེ་བསྣུན་ཡོད། སྨན་ཆུ་འདི་འཁྱུགས་སིལ་སིལ་ཞིག་ཡིན་

སོད། འོན་ཀྱང་སྔར་བཞིན་ན་ཟུག་ལངས་ནས་འཛུགས་མི་ཐུབ། ངས“ང་རང་དུག་སྦྲང་ལ་ཤིན་ཏུ་ཞེ་འཁོན་ཆེ། དེས་ལོ་ཞིག་ལ་ནགས་རའི་ཁང་གི་ཐད་པོ་ཞིག་ལ་བསྟུན་ནས་བསད་སོང་། ཡིན་ཡང་ང་མི་སྐྲག ངས་སྦྲང་ཚང་གཏོར་ཟིན”ཞེས་བཤད།

མ་ཞང་གིས་དཔུགས་རིང་འཕྱིན་ཞོར་དུ་སྨན་ཆུ་བྱུགས་ནས། “དུག་སྦྲང་གིས་རང་གི་འཚོ་བ་རོལ་བ་ཡིན་ལ། ཁྱོད་ཀྱིས་དུག་སྦྲང་ལ་གནོད་མ་སྐྱེལ་ན་དེས་མི་ལ་གནོད་འཚེ་མི་བྱེད། དུག་སྦྲང་གི་སྦྲང་ཚང་ནི་ཁོ་ཚོའི་ཁང་པ་ཡིན་ལ། དཀའ་ལས་མང་པོ་བརྒྱབ་ནས་བཟོས་པ་ཡིན་པས། ཁྱོད་ཀྱིས་དེ་བརླག་ཆེ……”ཟེར།

ངས་མགོ་བོ་སྣད་ནས་ཅི་ཡང་མ་བཤད།

ངའི་ངོ་སྐྲངས་ནས་ལྷོ་ཀུབ་ཅིག་དང་འདྲ་བར་ཡོད་སོད། འོན་ཀྱང་ན་ཟུག་ཇེ་ཞན་དུ་སོང་། ཕྱི་ཉིན་སློབ་གྲྭར་སོང་ནས་དགེ་རྒན་དང་སློབ་གྲོགས་ཚོ་དང་ངས་སྐྲག་སྐྱེས་པ་དང་། ཚང་མས་ཅི་ཞིག་བྱས་སོང་བ་དྲིས་པར། ངས་སེམས་ཅུང་མ་བྱས་པར་དུག་སྦྲང་གིས་བསྟུན་པ་ཡིན་ཞེས་བཤད།

ངའི་ངོ་བསྐྱུད་མར་ཉིན་དུ་མ་ལ་སྐྲངས་པ་རེད། ཡིན་ཡང་ན་ཟུག་ཇེ་ཞན་ནས་ཇེ་ཞན་དུ་སོང་། ཉིན་འདི་གའི་རིང་ལ་དོན་དག་གཅིག་གིས་ང་རང་དགའ་སྣང་སྐྱེས་སུ་བཅུག་པ་སྟེ། ལུས་སྦྱོང་སློབ་ཁྲིད་ཀྱི་སྐབས་སུ་ལྷང་ལི་རྩེ་དུས་སྔར་བྱུང་མ་མྱོང་བའི་སྤྱོབས་པ་ཞིག་རྒྱས་པ་རེད། རྒྱུ་མཚན་ནི་ངས་ལྷང་ལི་འདེད་དུས། ང་རང་འགོག་ཏུ་འོང་བའི་མི་རྣམས་ཀྱིས་ངའི་ངོ་སྐྲངས་ནས་དཔྱིབས་འགྱུར་བྱུང་ཡོད་པ་མཐོང་ནས། མ་བསྲན་པར་ཧབ་

ཚ་ཤོར་བ་དང་། སྐྲག་སྣང་ཀྱང་ཡོད་ཤས་ཆེ་སྟེ། གང་ལྟར་ཁོ་ཚོའི་བློ་རིག་ཉམས་ནས་སུས་ཀྱང་ང་འགོག་མ་ནུས།

དེའི་རྗེས་སུ་སློབ་གྲོགས་ལ་ལས་ང་ལ་བཤད་རྒྱུར། "ཁྱོད་རང་གིས་ཤེས་མེད་དེ། ཁྱོད་ཀྱིས་ལྷང་ལི་ཧྲེག་ཞོར་དུ་ང་ཚོར་ཅེར་ན། དེའི་ཚུགས་ཀ་ནི་ཤིན་ཏུ་འཇིགས་ཆེ་བ་ཞིག་རེད" ཟེར།

ལྷུགས་མགར།

ནགས་རའི་ཁང་དང་སྐྱིད་ཚལ་ཁང་། དེའི་རྟེབ་ལོགས་ཀྱི་ལྷ་བདུན་སློབ་གྲྭ་པར་ཞིག ཚང་མ་སྡེ་བ་དང་བསྟུར་ན་རྩེད་འཛོ་བྱེད་ས་དང་སྤྲོ་སྣང་ཆེ་ས་ཕྱོགས་གང་གི་ཐད་ནས་སྡེ་བ་དང་མི་དོ། དཔེར་ན་དུས་རྒྱུན་དུ་སྡེ་བའི་ནང་རྒྱུ་བའི་ཕྱི་གླིང་ཇ་དེམ་ཚ་ལ་བྱེད་མཁན་དང་དུས་ཆོད་འཁོར་ལོ་ཞིག་གསོ་བྱེད་མཁན། ཁེ་གྲི་དང་ཚལ་གཏུབ་རྡར་མཁན། ལྷུགས་མགར་སོགས་ལྟ་བུ་སྟེ། འདི་དག་ཕྱི་སྡེ་རུ་གཏན་ནས་མི་འགྲོ།

ཁོ་ཚོས་ཚོང་ལས་ཅི་ཞིག་གཉེར་རུང་སྡེ་བའི་ནང་དུ་ཡོང་མ་ཐག་ཚང་མས་ཤེས་པ་ཡིན་ཏེ། གལ་སྲིད་སྐད་འགག་ཅིང་གདངས་དམའ་མོའི་དུང་སྒྲ་འབུད་པ་ཐོས་ཚེ། དེ་ནི་ཕྱི་གླིང་ཇ་དེམ་ཚ་ལ་བྱེད་མཁན་ཡིན་པ་ཤེས་པ་དང་། དུས་ཆོད་འཁོར་ལོ་ཞིག་གསོ་བྱེད་མཁན་གྱིས་ཟངས་ལེབ་རྡུང་དཀྲོལ་བྱེད། ཁེ་གྲི་རྡར་མཁན་སྡེ་བར་ཞུགས་མ་ཐག་སྐད་གསེང་ནས་ཀི་འདེབས་པ་རེད། ལྷུགས་མགར་པོ་ན་ཁ་རོག་གེར་བསྡད་ནས་ཐབ་ཀ་ལས་ཤིང་མེ་གསོ་བ་ཡིན། ཁོ་ཚོ་ཡོང་བ་ན་ཉིན་གཅིག་གཉིས་ཀྱི་དུས་ཡུན་མིན་པས། བརྡ་ཁྲབ་སྒྲོག་རྒྱུར་བྲེལ་བ་མེད།

ལས་རིགས་ཡོད་ཚད་ལ་ལྟད་མོ་ཡོད་པ་དང་། སྐབས་འགར་ཐ་ན་གློག་བརྙན་ལས་ཀྱང་ལྟད་མོ་ཡོད། འདི་ནི་དངོས་གནས་ངོ་མཚར་ཆེ་བའི་

ལག་རྩལ་ཞིག་ཡིན་པ་མ་ཟད། སུ་ཡང་འབྲལ་མི་ཐུབ། དཔེར་ན་དུས་ཚོད་འཁོར་ལོར་ཆག་སྐྱོན་བྱུང་ཚེ་ཞིག་གསོ་མ་བྱས་ན་ཆོག་གམ། ལྕགས་ཀྱི་ཇ་དེམ་ལ་ཟགས་ཁུང་ཤོར་ན་ཚ་ལ་མ་བྱས་ན་མི་ཆོག་པ་ལྟ་བུ།

ཁྱིམ་ཚང་རེ་རེར་དུས་ཚོད་འཁོར་ལོ་ཡོད། གལ་ཏེ་མེད་ན་རྒན་པ་ཚོ་ལས་གཞན་སུས་ཀྱང་དུས་ཚོད་མི་ཤེས། རྒན་པ་ཚོས་མགོ་ཐོག་གི་ཉི་མར་བལྟས་ནས་ཉིན་གང་པོའི་དུས་ཚོད་ག་ཚོད་དུ་སླེབ་ཡོད་པ་ཤེས་པ་དང་། དགོང་མོར་སྐར་མར་བལྟས་ནའང་ཤེས་ཐུབ། ཆེས་ངོ་མཚར་ཆེ་བ་ནི་སྐབས་འགར་སྟོང་པོར་བལྟས་ནས་ཀྱང་དུས་ཚོད་ཏ་ལམ་ཞིག་ཤེས་ཐུབ། མ་ཞང་གིས་སླ་ངའི་ནང་དུ་མ་རྫོགས་ལོ་ཏོག་གི་བག་ལེབ་སྲེག་བཞིན་ཡོད་དེ། མེ་གསོས་རྗེས་སྒོ་ཁའི་སྟོང་པོར་བལྟ་བ་དང་། དེ་ནས་ཡུད་ཙམ་འགོར་རྗེས་སླར་ཡང་སྒོ་ཁར་སོང་ནས་སྟོང་པོར་བལྟས་ཏེ། “ད་ཆོས་ཡོད”ཟེར་བཞིན་སླ་ངའི་ཁ་ལེབ་ཕྱེ་བ་ན་དྲི་ཞིམ་འཕྱུལ་ཡོང་བ་ཡིན། ངས་ཨ་མ་ལ་དོན་དག་མཚར་ཅན་འདི་བཤད་སྐབས་ལ། ཨ་མས་མ་ཞང་གིས་བལྟ་བ་ནི་སྟོང་པོའི་གྲིབ་མ་རེད་ཟེར།

དུས་ཚོད་འཁོར་ལོར་ཆག་སྐྱོན་ཤོར་ན་དུས་ཚོད་ལ་ཆག་སྐྱོན་ཤོར་བ་ཡིན་ཏེ། འཕྲལ་མར་ཞིག་གསོ་བྱེད་དགོས། ཁྱིམ་ཚང་རེ་རེས་དུས་ཚོད་འཁོར་ལོ་རེ་གོས་སྒམ་གྱི་མདུན་ངོས་སུ་དཔྱངས་ཡོད། ཡིན་ཡང་དེར་ཆག་སྐྱོན་བྱུང་ཡོད་སྐབས། དུས་ཚོད་འཁོར་ལོར་ཞིག་གསོ་བྱེད་མཁན་གྱིས་དེ་ཞིག་དགོས། གནམ་རྒན་མ། སོ་འཁོར་ཆེ་ཆུང་དེ་འདྲ་མང་པོ་ཞིག་ཡོད་ཅིང་། སུས་མཐོང་ནའང་མགོ་ཡོམ་འཁོར་བ་ཞིག་ཡིན་སྲིད། ང་ཚོ་ཚང་མས་ཆེས་བལྟ་འདོད་པ་ནི་དུས་ཚོད་འཁོར་ལོའི་ཞིག་གསོ་ཡིན་ཞིང་། དེའི་

འཁོར་བསྐྱོད་རྟོགས་པ་ན་གཞན་ཚང་མ་ཙུང་སླ་མོ་ཡིན།

དུས་ཚོད་འཁོར་ལོ་ཞིག་གསོ་པས་འདིར་རེག་རེག་དང་གན་ན་གཙུས་གཙུས་བྱས་ཏེ། རྨུམ་བརྟིགས་པ་དང་། ལག་པས་བསྐོར་སྒྲུལ་བྱས་པ་ན་སོ་འཁོར་ཡོད་ཚད་འཁོར་བ་ཡིན་ཞིང་། ཤིན་ཏུ་ཆུང་བའི་ཐོ་བས་ཧྲེག་ཧྲེག་བྱེད་ལ། དེ་ནི་འཇིག་རྟེན་དུ་ཆེས་སྙན་པའི་སྐད་སྒྲ་ཡིན་ཏེ། ཐོས་ཚེ་སེམས་འགྲུལ་ཐེབས་པ་ཞིག་ཡིན།

ཕྱི་གླིང་ཧ་རེམ་ཚ་ལ་བྱེད་པ་དང་ཁེ་གྲི་རྡར་བ་ཡང་ལག་རྩལ་མཆོག་གྱུར་ཞིག་ཡིན། ཚ་རྒྱུག་པས་ལག་ཏུ་ཚ་ཐུར་ཞིག་བཟུང་ནས། དམར་པོར་བཟོས་འདུག དེའི་འཕྲོར། རྨུམ་ཞག་ཙིག་ཏུ་བསྒྲེས་པ་དང་དེ་ནས་ལྕགས་སྟོན་པོ་ཞིག་གི་ཐོག་ཏུ་གཙུབ་ན། མུ་ཏིག་ལྟ་བུའི་དངོས་པོ་ལྡེམ་ལྡེམ་འཁྲུག་འཁྲུག་གིས་ཚ་ཐུར་ལས་མཆེད་དེ། ལྕགས་ལེབ་ཐོག་ཏུ་བརྟིགས་ཚེ་ལྕགས་ལེབ་དེ་ཚ་ལ་བྱས་ཟིན། དགྲ་སྟ་རྡུང་ན་ལག་ཆ་མང་པོ་ཞིག་དགོས། ཚང་མ་ལྕགས་ཀྱིས་བཟོས་པ་ཡིན་རུང་། ལྕགས་རིགས་ཤིག་གིས་ལྕགས་རིགས་གཞན་ཞིག་གཞོགས་ཐུབ། "ཚལ་གཏུབ་ནི་ལྕགས་ཀྱིས་བཟོས་པ་ཡིན་པས། ལྕགས་རིགས་གཞན་ལ་སྒྲག་དགོས་དོན་ཅི། " འདི་ནི་ང་ཚོས་རྟག་ཏུ་འདྲི་བའི་གནད་དོན་ཞིག་ཡིན། དགྲ་སྟ་བཟོ་པས"དེ་ནི'དགྲ་སྟ'ཡིན་པས་སོ"ཞེས་ལན་བཏབ་པ་ཡིན་ལ། དོན་དམ་པས་ལན་མ་བཏབ་པ་དང་ཁྱད་མེད། དེ་ནི་གསང་བ་ཞིག་ཡིན་ཕྱིན་རྩད་གཅོད་བྱེད་རྒྱུ་ཤིན་ཏུ་དཀའ་བ་ཤེས་ཐུབ།

བརྒྱ་བཤད་སྟོང་བཤད་བྱས་རུང་ལྕགས་མགར་ལ་ལྟད་མོ་ཡོད། དེ་ནི་མི་དུ་མ་ཞིག་གིས་མཉམ་ལས་བྱེད་དགོས་པ་ལ། ཉིན་འགར་སྡོད་པ་དང་།

ང་ཚོ་ད་དུང་ཁོ་ཚོའི་མགར་ཁང་དུ་སོང་ནས་རྩེ་ཚོག་པས་སོ།། དོན་དམ་པས་ཉིན་ག་ཚོད་ལ་སྟོད་དགོས་པ་ཡིན་ཞེ་ན། སྡེ་བའི་ནང་གི་ལས་ཀའི་མང་ཉུང་ལ་རག་ལས་ཡོད། ཐེངས་ཤིག་ལ་ལྕགས་མགར་དེ་ཚོ་སྟོད་ཐེངས་གཅིག་ལ་ཉིན་ཉི་ཤུ་ལྷག་ལ་བསྡད་པ་དང་། དེ་ནི་སྟོན་བསྡུ་ལ་ཉེ་བས་ཁྱིམ་ཚང་རེ་རེ་ཚང་མས་ཟོར་བ་དང་འཛོར་བུ་རེ་གཉིས་བརྡུང་དགོས་པའི་རྐྱེན་གྱིས་ཡིན།

ལྕགས་མགར་གྱི་ཆ་ལུགས་དེ་རྒྱུན་ལྡན་གྱི་མི་དང་མི་འདྲ། ཁོ་ཚོས་གོས་ནག་པོ་དང་གོས་སྔོན་པོ་རྐྱང་རྐྱང་གི་ལྭ་བ་གོན་ཞིང་། ལས་ཀ་བརྒྱབ་ནས་རྩལ་ན་ཤུད་ཚོག་ལ། དེའི་འོག་ཏུ་ད་དུང་མགོ་བསྒྲོན་ཤ་འཕྱུར་ཞིག་གོན་ཡོད། མགོ་སྐྲ་སྐྱོམ་པོར་གཞར་ཡོད་པ་དང་གདོང་ནག་པོ་ཡིན་ལ། མིག་དམར་པོར་གྱུར་འདུག་སྟེ། དེ་ནི་མིག་ཤུགས་རྩེ་ངར་ཡིན་ལ། མིག་འདི་མིག་གཞན་པ་དང་མི་འདྲ་ཞིང་། མེ་ལྕེའི་ཁྲོད་ཀྱི་ལྕགས་མཐོང་ཐུབ། འདི་ནི་ཞོག་ཁོག་དམར་པོ་སྲེག་པ་དང་འདྲ་སྟེ། མ་ཚོས་ན་སླེ་མོ་མིན་ལ་སོ་འདེབས་དཀའ། ལྕགས་ལ་སོ་འདེབས་པ་ནི་སོ་ཡིས་སོ་འདེབས་པ་མིན་པར་ཐོ་བས་རྡུང་དགོས།

ཁོ་ཚོས་ལས་ཀ་ལས་སྐབས་རས་སེར་པོའི་སྣུམ་གཡོག་ཅིག་གཡོགས་ཡོད་པ་དང་། སྐབས་འགར་རྐང་པའི་ཐོག་ཏུའང་གཡོགས་འདུག དམར་པོར་གྱུར་པའི་ལྕགས་རྡོག་ཅི་ཏའི་ཐོག་ཏུ་བཞག་སྟེ། ཐོ་བས་རྡུང་ན་མེ་སྟག་ཕྲུགས་བཞིར་མཆེད་དེ། ཆུན་པོ་ཆུན་པོ་བྱས་ནས་རྐང་པའི་ཐོག་ཏུ་ལྷུང་སྟེ་དུ་བ་དཀར་པོ་འཕྱུར་བ་རེད། འདི་དག་ལ་ཆེས་ཉུང་ན་འང་མི་གསུམ་རེས་མཉམ་ལས་བྱེད་དགོས་ཏེ། ཁོལ་མོ་འཛིན་མཁན་དང་ཐོ་རྒྱན་

འཛོམ་མཁན། ཐོ་ཆུང་རྟུང་མཁན་བཅས་སོ།། སྤུའི་ཐོ་བ་ཆུང་ན་དེ་ནི་རྗེ་བོ་ཡིན་ལ། ཚང་མས་རྗེ་བོའི་བཀོད་འདོམས་ལ་ཉན་དགོས། ཁོལ་མོ་ནི་ཆེས་ཆེ་བ་དེ་ཡིན་ལ། ང་ཚོས་ཚོད་ལྟ་བྱས་ནས་འཛིན་མོད་འཛིན་མ་ཐུབ། ཁོལ་མོ་འཛིན་མཁན་དེའི་དཔུང་བ་སྟོམ་པོ་ཞིག་ཡིན་ལ་ཤ་གནད་འབུར་དུ་ཐོན་ཡོད། ཁོ་ཚོ་མི་རེ་རེའི་སྟོབས་ཤུགས་ཤིན་ཏུ་ཆེ་ཞིང་སྐད་ཆ་མི་མང་པར། ལས་ཀ་རྒྱུག་པ་རེད།

ཁོ་ཚོའི་ཟ་མ་ཟ་བ་ཡང་ཁྱད་པར་བ་ཞིག་ཡིན་ཏེ། ལྷུགས་བཙོ་བྱེད་ཀྱི་ཐབ་ཀ་དེ་ཟ་མ་བསྐོལ་ས་ཡང་ཡིན་ལ། ཐོག་ཏུ་བ་མ་ཆུང་ངུ་ཞིག་བསྐྲུན་ཡོད། ཁོ་ཚོས་ནམ་ཡིན་ཡང་ཟས་རིགས་གཅིག་པ་ཟ་བ་ཡིན་ཏེ། “མ་རྨོས་རྟུས་སྨྲལ”ཡིན། ཟས་རིགས་འདི་ནི་ལྷུགས་མགར་ཁོ་ནས་མ་གཏོགས་མི་ཟ།

“མ་རྨོས་རྟུས་སྨྲལ”གྱི་བཟོ་སྟངས་ཤིན་ཏུ་སྟབས་བདེ་ཡིན་ཏེ། མ་རྨོས་ལོ་ཏོག་གི་ཕྱེ་ཞིབ་ཞལ་སྡེར་གང་བཟེས་ནས། སླ་ངའི་ནང་གི་ཆུ་ཁོལ་རྗེས་ཁམ་བུ་ཆེ་ཆུང་གི་ཕྱེ་རིལ་འཕེན་པ་དང་། སྐྱོགས་ཀྱིས་དལ་བུར་དཀྲུགས་ན་ཡུད་ཙམ་གྱིས་ཚོས་པ་ཡིན། ཁོ་ཚོ་སར་ཙོག་པུར་བསྡད་ནས་འཐུང་བ་ཡིན་ཞིང་། ཤིན་ཏུ་ཞིམ་པོ་ཞིག་ཡོད།

ང་ཚོས་མཐའ་ནས་ཡུན་རིང་ཞིག་ལ་བལྟས་ཏེ། “མ་རྨོས་རྟུས་སྨྲལ” བཟའ་བ་རིག་ནས་སྐྱོ་བ་ལངས། དེའི་ཞིམ་མངར་ནམ་ཡིན་ཡང་སེམས་ལ་ཞགས་འདུག ཕྱིས་སུ་ང་ཚོས་དཀར་ཡོལ་གང་གི་རོ་མྱོང་བྱེད་ཐུབ་སོང་། ཟས་རིགས་དེ་ཟས་རྗེས། ང་ཚོའི་ལུས་རྩོལ་བོར་སྟོབས་ཤུགས་རྒྱས་པའི་ཚོར་བ་ཞིག་བྱུང་ཞིང་། ཅི་ལ་ཡང་མི་སྐྲག་པར་གྱུར། དེས་ང་ཚོར་ལྷུགས

མགར་རྣམས་སྟོབས་ཆེན་པོ་ཞིག་ཡོད་པའི་རྒྱུ་མཚན་ཤེས་སུ་བཅུག མ་གཞིར"མ་རྒོས་ཏུས་སྤྲལ"ཟེར་བ་རེད་ཨང་།

ཅོ་ཧྭའི་འགྲམ་སོགས་སུ་རྫུ་སྒྱིལ་ཞིག་ཡོད་དེ། མ་རྒོས་ལོ་ཧོ་ག་གི་སོག་མས་ཕྱུག་པ་ཡིན། ཐང་དུ་གྲོ་སོག་མཐུག་པོ་ཞིག་བཏིང་ཡོད་པས་མཉེན་ཞིང་དྲོན་པོ་ཡིན། འདིས་མི་ལ་མཚོ་འགྲམ་གྱི་ཉ་འཚོང་ཁང་དྲན་དུ་འཇུག་སྟེ། དེའང་རྩེད་ས་ཡག་པོ་ཞིག་ཡིན། ས་ཆ་འདི་གཉིས་ཀྱི་མི་མཐུན་ས་ཆེས་ཆེ་བ་ནི་གཅིག་ལ་ཉ་དྲི་བྲོ་ཞིང་། ཅིག་ཤོས་ལ་སོལ་དྲི་འཐུལ་འདུག་པ་དེའོ། །

རྫུ་སྒྱིལ་མི་ཆེ་སྟེ་ཉལ་ན་བཙིར་འདུག ང་ཚོ་ཕོ་ཚོར་འབྱར་ནས་ཉལ་ཅོ། ཕོ་ཆོས་འཁང་ར་བྱེད་དེ། "བྱིས་པ་ཚོའི་ལུས་སུ་མེ་དྲོད་ཡོད། ཚ་ནས་མི་བཟོད་གི"ཞེས་ཟེར། ང་ཚོས་ཕོ་ཚོར་གཏམ་རྒྱུད་བཤད་དུ་བཅུག་ཅིང་། ཕོ་ཚོ་ས་ཆ་ལ་ལུང་ཀུན་དུ་འཁྱུལ་ཡོད་པས་གཏམ་རྒྱུད་མང་པོ་ཞིག་ཤེས་ཡོད་འདོད། ཡིན་ཡང་ཕོ་ཚོར་སྐད་ཆ་མི་མང་བས་ཅང་བཤད་མི་ཐུབ། ལྷགས་མགར་ཚོའི་ཆེས་ཆེ་བའི་ཁྱད་ཆ་ནི་གཏམ་རྒྱུད་མེད་པ་དེ་ཡིན།

ཡིན་ནའང་ཕོ་ཆོས"མ་རྒོས་ཏུས་སྤྲལ"བཟོ་ཤེས་ཤིང་། ལྕགས་རྡོག་སྟོད་ཆས་སུ་རྟུང་ཐུབ། མི་ལ་ལས་ལྕགས་སྐྱུད་རིང་པོ་གཅིག་དང་བཙའ་ཆགས་པའི་སྒོ་གཏན་ཞིག་བྱིར་ཡོང་ནས། ཕོ་ཚོར་ཟེར་བ་དང་འཛོར་རྟུང་དུ་འཇུག་པ་རེད། ཕོ་ཆོས་ལག་ཏུ་བླངས་ནས་ཡང་ལྡི་མྱངས་ཏེ། "ཚོག་གི"ཟེར། ཡང་མི་ལ་ལས་སོ་འཕོར་སྒྲིགས་ར་སྤར་ག་གཅིག་བྱིར་ཡོང་བ་དང་། ཕོ་ཆོས་ལག་ཏུ་བླངས་ནསབལྟས་ཏེ"འདི་མི་ཚོག འདི་ནི་བྲི་ལྕགས་རེད"ཟེར།

ལྟགས་སྐུད་ཅིག་ཟེར་བར་བརྟུང་དགོས་ན། བརྒྱུད་རིམ་རྩིལ་པོ་སླ་མོ་ཞིག་མིན། ཟེར་བའི་ཚུགས་ཀར་རྟུང་བས་མི་ཆོག་པར། ད་དུང"རྡོ"སྣེར་དགོས། "རྡོ"ནི་ཆེས་མཁྲེགས་པའི་ལྕགས་རིགས་ཤིག་ཡིན་ལ། འཁྲིས་སུ་བཞག་ཡོད། དེ་དམར་པོར་སྲེག་ནས་དུམ་བུ་ཞིག་བཅད་དེ་ཟེར་བའི་དངོ་རུ་བརྟུང་ན། ཟེར་བ་ད་གཟོད་རྫོན་པོ་ཡིན།

ང་ཚོས་བསྒུད་མར་ཉིན་དུ་མར་བལྟས་ཤིང་། སློ་བཀོད་ཆེན་པོ་ཞིག་ཐོབ་པ་སྟེ། སོ་སོས་རང་ཁྱིམ་ནས་ལྕགས་སྐིགས་ཁ་ཤས་བཙལ་ཏེ། མཐའ་འཁོར་གྱི་མི་ཚང་མ་སོང་ཚར་རྗེས། ལྕགས་མགར་ལ"པོའུ་ཐུང་ཞིག་བརྟུང་རོགས"ཞེས་བཤད། ཁོལ་མོ་འཐེན་མཁན་དེས་རྗེ་པོ་ལ་བལྟས་ཏེ། "ལས་འདི་ལེན་མི་རུང"ཞེས་ཟེར། རྗེ་པོས་ལག་གི་ཐོ་ཆུང་བཞག་ནས། ཁ་མེར་མེར་བྱས་ཏེ"ལེན་མི་ཉན་རྒྱུ་ཅི་ཡོད། ཡིན་ཡང་སྔོན་ལ་པོའུ་ཁྲུང་དུམ་བུ་གཅིག་འཚོལ་དགོས། དེ་མེད་ན་ལས་མི་ཐུབ"ཟེར།

ང་ཚོས་དམངས་དམག་ལྟར་པོའུ་ཞིག་ཁྱེར་ན་ཤིན་ཏུ་འདོད་སོད། རེ་བ་ནམ་ཡིན་ཡང་འགྲུབ་མ་ཐུབ།

我们小时候

打铁的人

张　玮　著

青海人民出版社

目　录

CONTENTS

上 篇

爱小虫

那时候我们不觉得小虫子之类是坏东西，它们当中的大半都是有趣和可爱的。如果它长了吓人的模样，那么我们和它玩一会儿就不再害怕了。大人往往讨厌它们，一见就驱赶拍打，有时还要喷洒农药。大人想的是自己的事。

我们这些人长大了也会像他们一样吗？或许是的，因为到后来我们果然不太喜欢它们了。不过等我们长得更大时，又有些喜欢它们了，却一直没有像小时候那样喜欢。

谁比我们当年见过的昆虫更多？这大概只有昆虫学家了。我现在不能一口气把它们全说一遍，因为那实在是太多太繁琐了，如果只说说其中的几十分之一，也要记下整整一大本。

在海边的林子和野地里活动，谁也无法避开它们。它们在灌木和草叶间忙碌，筑窝，吃东西，嬉戏，过得很快活。有的会唱歌，比如蝈蝈和蛐蛐；有的漂亮得令人惊叹，比如蝴蝶。还有无比危险的家伙，那是毒蜂和蜘蛛之类，人人都要小心地避开——不过就连它们也给人特别的乐趣，使大家历险之后还能绘声绘色地对人描述一番。

有一种后背上闪着金属光亮的、长得极其精致的硬壳虫，可能就是书上说的“金龟子”的一种，有一段时间真是把我们迷住了。背上有亮光的昆虫倒是很多，它们有大有小，各种各样，有金色、绿色、红色的，还有黑色和蓝色的，简直数不过来。但这里说的是一种“极品”，因为太稀罕而格外宝贵——相信其他地方一定没有。

它们大多数时间闪着钢蓝色，如果被阳光从特别的角度里照射，却又能变幻出无数的颜色，就像彩虹一样。它们一般比黄豆大一点、比花生米小一点，我们叫它“钢虫”——不仅初一看颜色像钢铁，而且整个就像金属铸成的。

“钢虫”是我们采蘑菇时发现的。那时它们伏在草梗上一动不动，有人伸手推触一下，它们才会慢吞吞地移动几毫米。它们在阳光下闪烁出七彩荧光，就像随时都要燃烧起来，让我们连连惊叹。

这世间凡是最好的东西总是少而又少的。我们即便专门在林间草地上找多半天，也只会收获一两只“钢虫”。这愈

这世间凡是最好的东西总是少而又少的。我们即便专门在林间草地上找多半天，也只会收获一两只“钢虫”。这愈发使我们感到它们的宝贵了。我们捉到它们就小心地收在小玻璃瓶里，不时地迎着阳光看一会儿，大呼小叫一番，然后装在贴身口袋里。

发使我们感到它们的宝贵了。我们捉到它们就小心地收在小玻璃瓶里，不时地迎着阳光看一会儿，大呼小叫一番，然后装在贴身口袋里。

我们当中有个叫“黑汉腿”的同学特别能捉“钢虫”，最多的时候曾经拥有过十一只。他用两只“钢虫”换来同学的一把卷笔刀、一块带香味的橡皮，想一想真是一桩不错的买卖。

“黑汉腿”个子最高，胆子最大，几乎没有不敢干的事情。海边林子里的古怪东西多了，他这人什么都不怕。平时家里大人总是叮嘱自己的孩子：别跟那个“黑汉腿”混。一些耸人听闻的坏事经常与他的恶名连在一起，其实大半都来自道听途说，只要和他在一起的时间长了，都会多少喜欢这家伙的。

有一次我们在海里游泳，一个人被海里的毒鱼蜇了，痛得呼天号地，紧急关头“黑汉腿”驮上他就跑。园艺场诊所的医生说再晚一点那人就没命了。这家伙的两条腿又粗又黑，皮厚，跑起来荆棘扎都不怕。他力气大、讲义气，一年里也干不了多少坏事，像偷园艺场的苹果、欺负小同学之类，不过是偶尔才做几次。

他敢逮一些稀奇古怪的昆虫，连有名的大毒蜘蛛都敢去碰。像有一种叫“老牛背”的黑黄花纹相间的大毒蜂，传说是最毒的东西了，他竟然一伸手就把它捏住了。还有一次他捉到了一只很大的甲虫：长若十五厘米，神气无比，两只长角扬着，就像戏台上武生的两根雉鸡翎子；额头上长了月牙刀，黑色硬翅满是白点。“黑汉腿”夸张地给它的脖子上拴了一根织网用的尼龙丝，像牵狗一样牵着它走上街头，引得许多人都围上看。

村里人告诉我们，这种大甲虫的名字叫“水雾牛”，只有罕见的大雾天里才会从阴暗角落爬出来，能发出“哞哞”的叫声，像老牛的声音。“半夜里我听到叫声了，赶紧披上衣服出门，这才逮住了它。当时它一脚把我踢翻了，我揪住它的翎子才爬起来，又骑上它的背……”都知道“黑汉腿”在骗人，不过却没有谁反驳他，因为这种夸张的说法听起来真带劲。

“黑汉腿”擅长对付任何东西。比如逮蚂蚱——这听上去是极平常的事，可实际做起来却远没有那么简单，因为这里不是说逮一般的蚂蚱，而是要找其中的“宝贝”。真正的宝贝是“大王蓝”，它的个头是一般蚂蚱的三四倍，强壮有力，两条腿上长了锐利的尖刺。它一纵就是十米，一展翅就是二十米，要逮住它可不容易。传说村里有个汉子脾气倔犟，发誓要逮住一只，结果从村西头开始追，一直追到十里外的西河岸，累得一口气没上来，差点死在了河堤上。这种蚂蚱是从几千里外的关东山迁移过来的，据说胸脯上写了一个“王”字。

我们都想拥有一只“大王蓝”，不知白费了多少力气：不是半路被它甩掉了，就是逮时被它的两条刺腿扎得双手流血，谁也没有成功。最后还是“黑汉腿”拥有了一只，他见了我们，就让它驯顺地仰躺在掌心里，露出肚腹让大家看个仔细。我们都想从它胸部复杂的纹路上找出一个“王”字，可惜怎么也找不到。

这儿有世界上最大的蝴蝶，一到春天，说不定什么时候就有一只浅绿色的、像碗口那么大的蝴蝶飞过来。大家一见它就不顾一切，欢呼着往前追——它总是不急不慢地飞着，渐渐飘到树梢那么高，让人干着急没有一点办法。

“黑汉腿”做了一个高竿捕网，总算捕到了一只。这么好的大蝴蝶，一下近在眼前了，属于我们了，却不知用什么喂它——不知道它吃什么喝什么，养了一两天只得放走。

大蝴蝶最爱往苹果园里飞，所以我们叫它“苹果蝶”。

还有一种比“苹果蝶”小一些、长了黑色花纹的蝴蝶。我们逮到了一只，端量一番之后大吃了一惊：它的花纹就像狸猫脸上的纹路一模一样，简直没有一点差错。我们就叫它“猫脸蝶”。

“苹果蝶”和“猫脸蝶”是整个海边最大最漂亮的蝴蝶

了，谁看到它们都会兴奋得又跳又叫。

这么漂亮动人的好东西是哪儿来的？说出来没人信：它们有一段时间是藏在沙子里的，原来就是一种蛹，紫红色，傻乎乎，很老实，第一眼看去还以为是一枚大枣呢。可就是它，转眼一变就会高高地飞在天上，这有多么奇怪、多么了不起啊！

螳螂是一种武士，长了两把长刀，一看就知道要随时擒拿敌人。可我们从来没见它们格斗过。螳螂有大有小，有不同的颜色，有的碧绿，有的紫红，有的灰白，有的深棕。最大的螳螂是绿色的、很肥肚、有紫色的翅膀。家里人说："捉个大紫螳螂吧，放进蚊帐里，它会整晚为你逮蚊子。"我们真的捉了放在蚊帐里，可谁也没见它逮过一只蚊子。

沙地上有些漏斗状的小坑，我蹑手蹑脚走到跟前，然后蹲下，用小拇指甲一点一点挑出沙子……挑啊挑啊，渐渐就出现了一只长了小钳子的白色肉虫——它一露面就扬着小小的武器，可是谁也伤害不了，肥肥的憨憨的，很好玩。

我们查过书，这才知道它叫"蚁狮"，就是逮蚂蚁的"狮子"——身体比蚕豆还小的"狮子"。原来它旋出的一个个沙漏斗，就专等着蚂蚁掉进去，那时它就会紧紧地钳住猎物。

关于它们，更惊人的故事还在后边，说出来谁都不会相

这儿有世界上最大的蝴蝶，一到春天，说不定什么时候就有一只浅绿色的、像碗口那么大的蝴蝶飞过来。大家一见它就不顾一切，欢呼着往前追——它总是不急不慢地飞着，渐渐飘到树梢那么高，让人干着急没有一点办法。

信："蚁狮"待在沙子里吃蚂蚁，一直吃到肥肥胖胖，等长大了的一天，瞅准一个春天摇身一变，就变成一只绿色的蜻蜓，飞到天上去。

这真是太神奇了。原来它藏在沙子里，默默地为将来的某一天起飞做准备。这真是一种志大无比的小虫啊，它的耐性大得可怕。不过对于蚂蚁来说，它也太阴险了。

初中二年级的时候，我们班来了一个转校生，是个小姑娘，叫"肖聪"。因为她长得非常好看，大多数男同学都不太和她说话。有一天课间操，"黑汉腿"瞥她一眼，然后慢慢走近了，把装了"钢虫"的玻璃瓶掏出来，迎着阳光看了一会儿，突然大声嚷道：

"我爱小虫（肖聪）！"

从头演练

当年最激动人心的事就是看电影了。放电影的人带了一整套家伙，在野外场院上挂起雪白的幕布，架起一台放映机，好事就该开始了。

那是真正的节日。“演电影的要来了！”这样一句传言最能令人不安了，我们只要听到这样的话，就再也无心上学，无心干任何事，只眼巴巴瞅着场院，盼着那里挂起白色的幕布。

我们旁边的林场和园艺场、五七干校，都有一个很大的场院，是演电影最多的地方。我们有时被一个谣言骗得东跑西颠，浑身是汗，结果白白忙活了大半夜，什么也看不到。

看得次数最多的电影是《地道战》，并认为这是世界上最迷人的故事。一群人头扎白毛巾，钻在地洞里，神出鬼没

大家捆上白毛巾，背上木头枪，就成了民兵。有短枪的是武工队长，腰上扎了树根、走路弓腰的是老村长。最激烈的就是老村长与鬼子大队长的那场斗争了，我们的排演也是最认真最投入的。

地跟敌人战斗，直到取得最后的胜利。那些场面太熟悉了，太棒了。

放映队从五七干校转到园艺场，再去附近的村子，我们一直紧跟不舍。不记得看过了多少场，最后连电影上的每一个情节、每一句对白都背得上来，而且绝没有一丝差错。

后来大家想出了一个办法：从头把《地道战》演一遍。这个主意真好，所有人无不赞成，全都喊着要参加。

我们一伙跑到林子深处，在大白杨树间找了一块空地，然后就开始了演练。“黑汉腿”主动扮演了鬼子大队长，他的好朋友当了汉奸司令，竖着大拇指夸他，重复电影里的那句话：“高，高，实在是高！”

大家捆上白毛巾，背上木头枪，就成了民兵。有短枪的是武工队长，腰上扎了树根、走路弓腰的是老村长。最激烈的就是老村长与鬼子大队长的那场斗争了，我们的排演也是最认真最投入的。

演老村长的是我们当中最胖的一个家伙，外号叫“山抬炮”。他的大圆脸配上白毛巾，怎么看都像电影中的那个人。

鬼子进村了。老村长夜间出来巡查，躲在大树后面，发现了敌人，立刻飞跑起来。他要跑去村里的那棵大槐树下敲钟，通知全村的人。

电影中本来是伴有音乐的，老村长要在急促的音乐中奔跑。可是这对我们来说一点都不难——有一个嗓门尖亮的家伙可以从头到尾给电影配乐，而且调门一丝都不会差。

老村长在音乐声中跑啊跑啊，“黑汉腿”一伙就在后边紧追。这个场面太精彩也太紧张了，无论是“黑汉腿”还是“山抬炮”，都不愿轻易停下来，结果跑的时间比电影上要多出一两倍。事实上这段表演也是最成功的。

音乐总算停下了，老村长跑到了大槐树下。他快速解下钟绳，一下一下敲钟。“黑汉腿”扬起手电照着敲钟人，说出了那句经典台词：“嗖嘎——”

“山抬炮”突然扔掉钟绳，猛地从怀中掏出一支手榴弹。这是一个高举手榴弹的英雄形象，“山抬炮”演得毫不含糊。“黑汉腿”一伙有的趴下，有的抱头鼠窜。

一旁配乐的人发出了震耳欲聋的爆炸声，然后又急急地奏响动人的音乐。

战斗进入了最艰难的阶段。女民兵队长领人学习毛主席的《论持久战》，这之后战争才开始胜利——电影上立刻响起了女声独唱：“主席的话儿记呀心上……”这歌唱得太好了，当然同样来自那个配乐人。他的嗓子又甜又软，比女人还要女人，谁能想到刚刚这嗓子还发出过“当当”的敲钟声、“隆隆”的爆炸声。

我们从头演了几遍《地道战》，一直藏在林子深处。后来都觉得这样的演出很值得炫耀一下，就来到了林场和村子里。

人们围着我们看。这种感觉令人难忘。

最初人们免不了要发出几声嬉笑，但后来就严肃了。每一次“山抬炮”在音乐声里奔跑时，都会换来一阵阵喝彩声。

我在演出中背了一把木头驳壳枪，是武工队长。

痛打花地主

当年的两件大事是最能吸引人、最让人不能忘记的，一是追着串乡的放映队看电影，二是去听忆苦会。前一件事让人高兴，后一件事让人难过。

忆苦会在村子里、林场、园艺场、五七干校和我们学校召开，每年要开几次，轮换进行。一听说要开忆苦会，大家都奔走相告，传递着不同的消息：这次来忆苦的是个老太太，两眼看不见，那是被地主害瞎的；她已经在全县做过一百场了，是顶有名的人。另有人说：将要来的是一个年纪不大的姑娘，她是代表父母、舅舅和舅母来忆苦的，她的所有亲人全被万恶的旧社会欺负死了，她这会儿要亲口讲给大家听听。还有人说要来忆苦的是个独身男人，他被地主打断了三根肋骨，这回要从头详细讲一遍……

台上忆苦的人大半都是我们熟悉的，因为他们已经在四周做过许多次了，凡是最激动人心的地方我们都知道。比如他（她）讲着讲着把头低下，有两三分钟一声不吭，我们就等着下边了——他（她）猛一抬头就要喊：“好孩儿啊，快拿刀给我啊！快拿绳儿给我啊！我不活了……”

各种传说让我们激动不安，吃饭都不想坐在桌前，惹得家里人大声呵斥：“好生吃饭，听会有劲儿。”

听忆苦会和看电影不同，那真的是很累的。因为听一会儿就要站起来呼口号，一个人喊大家随上，或轮番喊，直到把另一拨人的喊声压下去。

除了喊口号，还要不停地哭。泪水哗哗流下来，不知从哪儿来那么多泪水。台上忆苦的人说啊说啊，我们就哭啊哭啊，最后哭得连口号都不能呼了。我们嗓子哑了，呼不出了。

一场忆苦会下来，大家总是红着眼睛哑着嗓子往家走。家里人痛惜孩子，就抱怨忆苦的人，说：“也忒能讲了，这样非把孩子哭病了不可。”

其实家里人最该埋怨的应该是学校的老师。因为每一次忆苦之后，老师都要在班上表扬那些最能呼口号和最能哭的学生：“喊得多响啊……直到嗓子喊不出声了，还举着拳头！”“看看哭得吧，胸脯都湿了，成了小泪人儿！”

台上忆苦的人大半都是我们熟悉的，因为他们已经在四周做过许多次了，凡是最激动人心的地方我们都知道。比如他（她）讲着讲着把头低下，有两三分钟一声不吭，我们就等着下边了——他（她）猛一抬头就要喊：“好孩儿啊，快拿刀给我啊！快拿绳儿给我啊！我不活了……”

有时候他（她）低头时间太长，满场静得让人难受，我们就替他（她）呼喊起来："快拿刀给我啊！快拿绳儿给我啊……"结果事后遭到老师一顿痛斥。

就像看电影一样，我们也会追着忆苦人转上几场。没有经历过那样的场面，就永远也不明白"眼泪都哭干了"是什么意思。眼泪有时真的能哭干，喝多少水都不行。

我们因为有经验，每次去忆苦会前都要喝上两大碗凉水。外祖母心疼我，总是让我多喝水。所以在忆苦会上，我到快散场时还能哭出来。

但在一般的忆苦会上可以，如果遇到"二九"他爹就全完了！"二九"他爹是很晚才出现的一个人，因为平时沉默寡言，所以当地人都把他轻视了。明明知道他在旧社会受苦最多，但就是没人找他。

谁知道有一天他拍拍膝盖说："俺也能忆！"就这样试着忆了一场，差点把场上的几个老太太哭昏过去。这一下他就出了名，结果周围的村子和单位全来请他了。

"二九"他爹忆苦与所有人都不一样，不是一上来就哭丧着脸，而是笑嘻嘻的。他坐在桌前东看西看，还从兜里掏出炒豆子嚼几口，喝一碗开水，然后像拉家常一样不紧不慢地说起来。

他细声慢语地讲，谁也想不到后面会有那么多苦。他不喊也不叫，实在忍不住了就站起来，在台上溜达，伸手点着

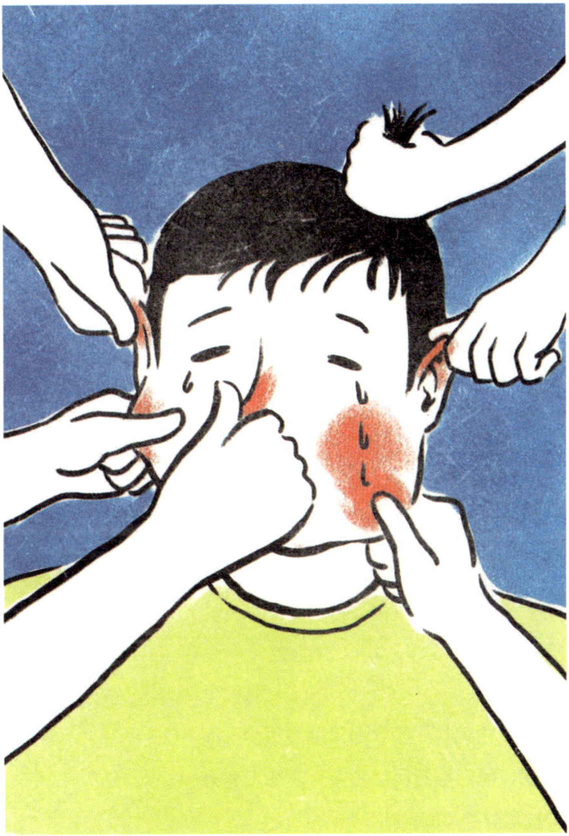

我们真想把地主痛打一顿。但是地主很少，而且在四周村子里，他们统归民兵看管。实在没有办法，我们就公推最胖的“山抬炮”装一下地主。

“山抬炮”给推到了台上，让我们揪耳朵捏鼻子，最后真的气愤起来，就开始狠狠地揍他。他哭了。

空中说："你个挨千刀的啊！你个天杀的啊！"

从整个忆苦会的前三分之一处开始，全场里就只是哭了，哭得忘了呼口号。大家事后说："谁这辈子想比'二九'他爹受的苦多，门都没有！"

我们听了一场又一场忆苦会，也想过从头模仿，到林子里办一场，并且渴望着像演练电影那样成功。

任何事情不经过实践是不行的，所以越来越佩服老师上哲学课讲的话："真知来自实践！什么都得实践，没有实践全都得糟！"我们轮番上去试了试，尽可能学得像：怎么低头抽泣，怎么喊叫，还像"二九"爹那样用手点着天空……全都没用，下边的人不光不哭，还"嗤嗤"笑。这事算是彻底失败了。

不过我们都不甘心。后来大家想出一个办法，就是一定要把心里积下的这些苦和恨发泄出来。听了那么多忆苦会，没有仇恨是不可能的。我们大家都觉得自己仇恨很大。

我们真想把地主痛打一顿。但是地主很少，而且在四周村子里，他们统归民兵看管。实在没有办法，我们就公推最胖的"山抬炮"装一下地主。

"山抬炮"给推到了台上，让我们揪耳朵捏鼻子，最后真的气愤起来，就开始狠狠地揍他。他哭了。

为了让"山抬炮"能当个听话的地主，有人从家里偷出一件棉大衣，翻过来给他穿上。大衣里子是花布的，“山抬炮”立刻变成了一个“花地主”。

他哭丧着脸，穿着厚厚的花布大衣，让人越看越恨。有人忍不住，折一根树条就狠狠抽打起来。由于有厚厚的棉衣包裹着，“山抬炮”一点都不疼。

我们轮番抽打，骂，他装出很疼的模样，跳着求饶。

“坚决不饶！就是不饶！”“你这个挨千刀的！你这个天杀的！”

正打得起劲，突然有人上前护住了“山抬炮”，伸长两只胳膊拦住大家喊：“俺的大衣破了！”

大清的人

林场旁边有个小村，村里有我最好的朋友“二九”，就是那个忆苦能手的孩子。“二九”爹年纪很大，因为他和老伴生“二九”时已经很晚了。有一天我和“二九”正在林子里采蘑菇，突然“二九”坐在地上想哭。

“‘二九’你怎么了？”我摇晃着他问。

“我爹大概快死了。”“二九”擦着没有泪水的眼睛说。

我不相信，因为前几天还见他爹去园艺场买了半篮子苹果，走路满结实的。我说他是胡诌，不吉利的。

“二九”说：“这是真的，村里上年纪的人都这么说。别看我爹瞅上去没有毛病，其实活不久了，这得好好端详一下才知道，不信就等着看吧，大约就是这一年里的事。老人们都说：‘二九爹吃不上明年的麦子了！’”

我又惊又气，连忙问这是怎么回事？这样说的根据又是什么？

“二九”长叹一声：“老人们说他‘改了性’了，也就是说行为太反常了，这全不是好兆头……”

“怎么‘改了性’了？又怎么反常了？”

“我爹这些年走路不稳，动不动就摔个跤什么的；要紧的是他不喝酒了，也不愿说笑了，还把头发编成了一根小辫，说自己是‘大清的人’……”

我愣住了，问什么是“大清的人”？

“我爹说他是‘大清朝’过来的人，是这个意思。村里人一听吓坏了，说你长在新社会、活在红旗下，怎么会是‘大清的人’？你真反动啊！让人出一身冷汗啊！他们这样吓唬他，他一点都不害怕，还掐着手指头算，说自己是哪一年出生的，算来算去是真的，他就是清朝最后那几年出生的！”

我很长时间没有说话，因为我从来没有想过还有这种怪事。一个人是清朝年间出生的，就是“大清的人”？我有点不信，可也拿不出什么理由反驳。

“二九”说：“我爹这样说行，换了别人早抓起来了，好在他是苦出身，这个大家都知道；再就是他太老了，突然‘改了性’了，也就没人追究了。”

这件事对我的触动太大了。我从此遇到了一个全新的问题，就是人的出生带来的奥秘——到底属于什么人从此也就决定了，并且一辈子都改不了；再就是人到了老年突然行为反常，这叫“改性”，是一种最不好的兆头。

为了亲眼看一看这种怪事，我跟“二九”去了他家。他老爹以前见过我多次，不过没有好好说话罢了。但我相信他一定认得我。

谁知老人一点都不认人，笑嘻嘻看着我问：“孩儿是哪搭的人？”我介绍了自己，同时认真端量老人，想看出他有什么异常。我首先觉得他笑得不自然：太甜了。因为在我不太多的人生经验中，只有小姑娘才这样笑。瞧老人嘴上眼上腮上，到处都是笑。

“二九”反复对他说：我是他最好的朋友，以前多次来过村里、家里，你怎么就不认得了？老人“哦哦”点头，笑，口水都出来了。

我觉得小孩子才笑得流口水。这又是不正常的证据了。我转到老人身后，立刻大吃一惊：他脑后果然有一根细细的小辫子。我差一点叫出来。太怪了，这小辫要多难看有多难看，像小拇指那么细，又干又涩像一绺枯草。我实在忍不住，就盯着他的眼问：

“大伯，你为什么扎起了一条小辫啊？你又不是小姑娘。”

老人的眼一瞪，不笑了。他的食指翘起来对我解释：“你小孩儿家不懂，村里上年纪的人也不懂！我是‘大清的人’哪，我们那一茬儿都是扎辫子的啊——人啊，从哪里来就要到哪里去，我又得回‘大清’那里去了……”

我心上一沉，突然想到了“死”这个字。我听明白了，老人说的是他要死了，这不过是个转弯抹角的说法。同时我也注意到了老人的眼睛：眼珠硬得像石头，而且泛着灰蓝色，就像小狗的眼睛。完了，我心里想，村里人的判断一点都没错，也许他真的要永远离开我们了。

与“二九”爹分别时，老人一边用衣袖擦鼻涕一边送行，一直把我送到村口。我走了老远，老人还在那儿望着我。一会儿“二九”追上来，凑近了就小声问我：

“怎么样？我说得不错吧？俺爹要死了。”

我心里难过，但不想说出真实的判断。我点头又摇头，再次回头去望。

“二九”说：“你注意到了没有？俺爹走路就像漂在水上一样。”

说实话，这我倒没看出来。

就在我去看过“二九”爹不久，大约是一个月之后，老人真的死了。

有了家口

不记得是十五岁还是十六岁，我有了“家口”。什么是“家口”？简单点说就是“媳妇”，海边人都是这样说的。这是多么让人害羞和暗自高兴的事啊，可惜我有点受不了。我后来甚至害怕了。

这事不是在学校发生的，因为那个地方不可能发生这么大的事——老师和同学都正正规规上课下课，最好的事和最坏的事都不太可能发生。

这是学校放伏假的事。我们一帮同学一到这时候，就可以在林场、园艺场、海边尽情撒欢了。夏天放假叫“伏假”，外祖母说三伏天里放假，所以就叫“伏假”。可是我脑子里总是想着“伏”在沙子上享受假期。这是真的，我们一到海边林子里就伏在了地上，要不说这是“伏假”嘛。

林场有个叫“小碗”的女同学做过我的同桌，后来调整座位才分开。我们同桌时相处得好极了，她给我橡皮和彩色铅笔，我给了她一只带紫花的贝壳。我们分开后，我很不高兴。

“小碗”也不高兴，有一次课间操时对我说：“我的新同桌喘气像牛一样。”我很满意，接着问：“我喘气像什么？”她认真想了想，说：“大概像羊吧。”我非常满意，因为我喜欢羊。

放假时大家到海边玩，看拉大网的。因为那儿常常有人脱成光屁股，所以我建议“小碗”不要去。大家都跑走了，只有我和“小碗”躺在沙地上看天。天上不时有云雀在叫，“小碗”说：“真好听啊！它怎么就不累？”我说：“它高兴，就不累。凡是高兴的事，干起来都不累。”“小碗”想了一会儿，说：“你说话真有‘哲理’啊！”

“哲理”这个词是老师上个学期刚教给我们的，这会儿被“小碗”用在了我身上。我的脸红了。她凑近一点看我，我的脸更红了。

如果能够及时阻止自己脸红就好了，可惜这很难。我越不想脸红，脸就越红。我把脸转到一边。可是我的脸像火烧一样。万万不巧的是大家这会儿正好从海边回来了，他们

这是学校放伏假的事。我们一帮同学一到这时候，就可以在林场、园艺场、在海边尽情撒欢了。夏天放假叫“伏假”，外祖母说三伏天里放假，所以就叫“伏假”。可是我脑子里总是想着“伏”在沙子上享受假期。这是真的，我们一到海边林子里就伏在了地上，要不说这是“伏假”嘛。

说说笑笑，谈的是拉网人刚逮到的大鱼。他们正说着，突然就不吱声了。他们在看我和“小碗”。大约有三五分钟，那个叫“黑汉腿”的家伙做了个鬼脸，喊道：“真像小两口啊，说悄悄话了！”

这一下引起了所有人的哄笑，他们拍手、跺脚、吹口哨。

一整天我都不自在，还有一点后悔和害羞。大约到了傍晚的时候，我才有些高兴。我不敢表现出这种高兴。我觉得“小碗”也是高兴的，反正她没有大声反对什么。

天黑时我一个人在家里待不下，就去林边走了一会儿。天上的星星真大，月亮还没出来。我蹲在一棵大野椿树下想了一会儿“小碗”，想她的眼睛、眉毛和嘴。我对她翘翘的小嘴十分喜欢。我想人的一生会有一些大事，它说发生就发生了。

林场、园艺场，还有附近的村子，很快就有人知道了我和“小碗”好。有一天我去村里找“二九”玩，刚刚进村就遇到了两个纳鞋底的老太太，她们用针锥指点我，小声议论着，我隐约听到了“小碗”两个字。我加快脚步离开了。可是刚走了不远，一个抽烟的老头笑眯眯地拦住了我，刮我的鼻子，端量说：“听说你有了‘家口’？这么早？也好。”

我没有勇气再往村子深处走，就折回了家。一路上我想：事情闹大了。我最担心家里人发火，最怕父亲揪我的耳朵。我的耳朵比一般同学大，可能就是被父亲揪的。

还好，家里人暂时还没有什么反应。这让我多少放心一些了。

剩下的事，就是了解一下“小碗”的态度。我突然觉得目前最重要的就是这件事了，老天，她的态度多重要啊。

我想去“小碗”家，可是不敢进门。我在离她家很近的地方转悠，一直转悠了三天。第四天她出来了，是跳着出来的，看来十分愉快。我赶紧迎上去。可是她一见我立刻不高兴了，脸板了起来。不过她并没有躲开，而是慢慢往前走去。

我们在一棵苦楝树下站住了。我一片片揪着树叶玩，不吭声。这样一会儿，“小碗”抬头看我了。我的脸一下红了。她“嗤嗤”笑。我咬咬牙，终于鼓起勇气说：“他们，都说我有了‘家口’……挺麻烦的啊。”

“小碗”好不容易才止住了笑，说：“就算是‘家口’，又怎么样？你害怕？”

我一愣，马上说：“不害怕！我最愿意了！我早就……不害怕了！”

“你喜欢我哪儿？”

“你的小嘴。”

天黑时我一个人在家里待不下，就去林边走了一会儿。天上的星星真大，月亮还没出来。我蹲在一棵大野椿树下想了一会儿“小碗”，想她的眼睛、眉毛和嘴。我对她翘翘的小嘴十分喜欢。我想人的一生会有一些大事，它说发生就发生了。

“小碗”不高兴了：“就嘴巴这一样？”

我赶紧否认：“不，全都好的。‘小碗’，你爹妈知道了会怎样？会打你吗？”

“小碗”大笑：“他们不知道。就不告诉他们，明年再告诉——他们知道到了咱也不承认——咱们明年再告诉他们，说好了，就明年！”

她的胆子真大。我从心里佩服她。好样的，我的“家口”真是好样的。我一下有了勇气和信心。不过我也知道，今后作为一个男子汉大概得承担点什么——有“家口”和没有“家口”当然是不一样的。

一种沉沉的、乐于承担的责任，从那天起压上了我的肩头。

炕和猫

“狗在地上，猫在炕上”，这是外祖母常说的一句话。她的意思是，猫和狗是两种不同的动物，对待它们要有原则，不能乱来。比如说狗上了炕，她会马上严厉地斥责，让它快些到地上来，不然就打它了。猫蜷在炕上，她从来没有不满意过，有时还主动地把它抱到炕上。

有一段时间，我从学校或林子里回家，第一件事就是看看炕上有没有猫。因为它蜷在炕上的模样早已让人习惯了，觉得那样才是正常的。其实猫也有自己的事情，它常常不在家里更不在炕上，而是去林子里、去其他地方做点什么。它主要是贪玩，其次是要了解外面的世界。

我发现猫喜欢的地方与我们一帮朋友大致相似，比如林子、园艺场和村子等。它如果不按时到这些地方去转一转，

当它低头思索的时候，我们所有人都得承认：它的心事太多了，也许正思索着全世界的大问题呢。它真的像一个智慧老人，长了两撇胡须，永远皱着眉头。我伏在炕上，与它面对面看。这时它一点都不理我，只偶尔半睁眼睛看看我，然后重新闭目思考。

就会寂寞。它还会与另一些猫在一起打打架什么的，这与我们也差不多。

不过猫一定会按时回家，待在炕上。那时候它很正经，好像从来没有胡闹过似的，表情十分严肃。我有时与它一块儿待在炕上，长时间看着它严肃甚至还有些忧愁的小脸，用力忍住才不会笑出来。它在思考什么大事？它沉重的表情让我不好意思将其抱起来嬉耍。

当它低头思索的时候，我们所有人都得承认：它的心事太多了，也许正思索着全世界的大问题呢。它真的像一个智慧老人，长了两撇胡须，永远皱着眉头。我伏在炕上，与它面对面看。这时它一点都不理我，只偶尔半睁眼睛看看我，然后重新闭目思考。

可是我不会容忍它一直这样严肃下去。我要和它玩，无论它愿意与否。我捏捏它的鼻子，亲亲它的额头，握住它又软又小的一对巴掌。在这个世界上，谁的鼻子长得比猫更好看？圆圆的直直的，还有一层粉细的绒毛，摸一摸有一种美妙的手感。如果把嘴巴贴在这个小鼻子上，会有一种痒丝丝的感觉。

它偶尔也会停止思考，让我玩一会儿。但是它如果正想着某种大事，就一定会千方百计挣脱我，去另一个地方待着。它从炕的这头挪到另一头，有时干脆冲出屋子，跑到灌木丛中，或者爬上高高的树杈，趴在那儿思考。

猫是所有动物——包括人——当中最善于思考、花费思考时间最长的一种。当然它不会告诉自己思考了什么，这一点也跟我们差不多：平时谁也不会将自己思考的内容公布出来，除非是写作文。

我在炕上作文，然后就读给猫听。它听得很认真，一字不漏。读完了，我抚着它的头，想知道它的意见。它先要安静一会儿，接着就舔起了巴掌，一下一下洗脸。我明白，它的这种动作是对我表示最高的赞美。

随着冬天的挨近，猫在炕上待的时间越来越长了。炕洞里有热气，炕上热乎乎的，它伏在炕角打着呼噜。因为家里人都忙，父亲母亲不在家，外祖母也多半时间在院里，这时也就只有猫在屋里了。它守住了一个家，使这里不至于空空荡荡的。我背着书包回家，首先向猫报到：我回来了。

狗有时也要钻进屋里，在炕下徘徊。它急得团团转，却不敢上炕。它嫉妒炕上的猫，时不时地将前爪搭到炕沿上看，但最终还是没有跳到炕上。猫对急躁的狗睬都不睬，根本不正眼瞧一下，因为它心里再明白不过：狗是没有资格上炕的。

冬天终于来了。这里的冬天多冷，北风呼呼刮，雪花零零碎碎飘下来，滴水成冰。这个时候无论是园艺场还是

一家人都坐在炕上抽烟，吃地瓜糖，讲故事。如果有串门的人，也一定请他脱了鞋子上炕，和全家围坐一起。这时炕上的猫不再独自思考，而是用心听着每一个人讲话。它大概听得懂所有话，一会儿看看这个，一会儿看看那个。

林场、周围村子的人，全都躲在家里了。而全家的中心就是炕，炕洞里燃起了木柴，烧得噜噜响。

一家人都坐在炕上抽烟，吃地瓜糖，讲故事。如果有串门的人，也一定请他脱了鞋子上炕，和全家围坐一起。这时炕上的猫不再独自思考，而是用心听着每一个人讲话。它大概听得懂所有话，一会儿看看这个，一会儿看看那个。

它最爱去的地方是外祖母的怀抱。她抱着它，一会儿抚摸一会儿拍打，有时还要往胸口那儿拢一下。

母亲说："猫跟你姥姥最好，他们关系最近。"

我问："它和我怎么样？"

母亲说："差多了。它不喜欢你。"

我心里有些委屈。因为全家人谁也没有我花在它身上的时间多，我总是和它玩啊玩啊。"为什么啊？"我问。

母亲说："你不让它清闲。"

下　篇

描花的日子

这里一年四季都有让人高兴的事儿。春天花多鸟多，大蝴蝶多，特别是满海滩的洋槐花，密得像小山。夏天去海里游泳，进河逮鱼。秋天各种果子都熟了，园艺场里看果子的人和我们结了仇，是最有意思的日子。冬天冷死了，滴水成冰，大雪一下三天三夜，所有的路都封了。

出不了门，一家人要围在一起。

妈妈和外祖母要描花了。她们每年都在这个季节里做这个，肯定是她们最高兴的时候。我发现父亲也很高兴，他让她们安心做，余下的事情全包揽下来。平时这些事他是不做的，比如喂鸡等。他招呼我带上镐头和铁锹去屋后，费力地刨开冻土，挖出一些黑乎乎的木炭——这是春夏准备好的，只为了这个冬天。

父亲点好炭盆，又将一张白木桌搬到暖烘烘的炕上。猫在角落里睡了香甜的一觉，开始了没完没了的思考。外面天寒地冻，屋里这么暖和。这本身就是让人高兴的事、幸福的事。

妈妈和外祖母准备做她们最愿意做的事：描花。她们从柜子里找出几张雪白的宣纸，又将五颜六色的墨搬出来。我和父亲站在一边，插不上手。过了一会儿，妈妈让我研墨。这墨散发出一种奇怪的香气。

外祖母把纸铺在木桌上，纸下还垫了一块旧毯子。她先在上面描出一截弯曲的、粗糙的树枝，然后就笑吟吟地看着妈妈。妈妈蘸了红颜色，在枯枝上画出一朵朵梅花。父亲说："好。"

妈妈鼓励父亲画画看，父亲就画出了黑色的、长长的叶子，像韭菜或马兰草的叶片。外祖母过来端量了一会儿，说："不像。不过起手这样也算不错了。"她接过父亲的笔，只几下就画出了一蓬叶子，又在中间用淡墨添上几簇花苞——我也看出来了，是兰草。我真佩服外祖母。

我也想画，不过不画草和花，那太难了。我画猫。猫脸并不难画，圆脸，两只耳朵，两撇胡子。可是我和父亲一样笨，也画得不像。父亲说："这可能是女人干的活儿。"

整整一天妈妈和外祖母都在画。她们除了画梅花和兰

描花

妈妈鼓励父亲画画看，父亲就画出了黑色的、长长的叶子，像韭菜或马兰草的叶片。外祖母过来端量了一会儿，说："不像。不过起手这样也算不错了。"她接过父亲的笔，只几下就画出了一蓬叶子，又在中间用淡墨添上几簇花苞——我也看出来了，是兰草。我真佩服外祖母。

草，还画了竹子。父亲在一边看、评论，把他认为最好的挑出来。他说："这是你外祖父在世时教她们的，他不喜欢她俩出门，就说'在屋里画画吧'。可惜如今太忙了……我每年都备下最好的柳木炭。"

猫一直没有挪窝，它思考了一会儿，站起来研究这些画了。它在每一张画前都看了看，打个哈欠。可惜它趁我们不注意的时候踩到了红颜色上，然后又踩到了纸上。父亲赶紧把它抱开，但已经晚了，纸上还是留下了一个个红色的蹄印。父亲心疼那张纸，不停地叹气。

外祖母看了一会儿红色蹄印，突然拿起笔，在一旁画起了树枝。母亲把蹄印稍稍描了描，又添上几朵，一大幅梅花竟然成了！我高兴极了，我和父亲都想不到这一点：有着五瓣的红色猫蹄本来就像梅花嘛！

就这样，猫和妈妈、外祖母一起，画了一幅最好的梅花。

说给星星

这儿的夏天最热，所以这儿的冬天最冷，反过来也是一样。这是海边老人说的。老人什么都知道，地下的事天上的事，他们都一清二楚。

到了夏天，我们全家每天都要在屋外度过上半夜，除非下雨，从不改变。晚饭后我们扛着麦秸做成的大凉席，一起往屋子西边走去，那儿有几棵大杨树，树下有一片洁白的沙子，我们就在沙子上铺开凉席。

为了防蚊虫，要在旁边点起一根艾草火绳，这样一直闻着艾草的香气。我们仰躺看天，瞅星星：它们大大小小，疏疏密密，摆成了各种形状。关于星星的故事，父亲知道得不多，母亲知道一些；外祖母知道得最多。

外祖母指指点点，说哪些星星是牛，哪些星星是熊，还有蛇和龙；除了动物，还有武器，比如扔出的飞梭、手持的刀戟和盾牌。还有猎人、男人和女人。天上有一条大河，许多故事都发生在大河两岸。

外祖母知道的故事真多，不过一直讲下去也会讲完的。剩下的时间由父亲讲地上的事情，母亲在一旁补充。这些也有说完的时候。当他们都无话可说的那会儿，我就盯着满天的星星说了起来。我信口胡编一些故事，流利地、滔滔不绝地说下去。

他们听了一会儿，见我一直不间断地说着，都坐起来看我。我只看星星，脑子里全是关于它们的一些句子、一些故事。奇怪的是所有句子都排成了长队，等着从口中飞出来，我连想都来不及想。我可以一口气说上一个钟头、两个钟头，嘴里从不打一个磕绊。

父亲终于忍不住了，"咦"了一声，拍拍我说："停！"我停下来。

父亲问："你这些话是从哪里来的？"

我如实说："它们就在嘴里，我一张嘴它们就出来了。"

"不是你编出来的？"

"不是。它们原来就有，我不过是说出来——刚说一句，下一句就出来了。这是真的。"

父亲看看母亲。母亲拍着我问："孩子，你是什么时候有了这样的本事？”我想了想，想不出。我并不觉得这是什么本事，也不知道从什么时候开始——只是一张嘴，就不停不歇地讲起来。

他们问不出，就躺下了。外祖母不知是鼓励我还是批评他们，说：“孩子讲吧，讲累了就停下歇着。”

一点都不累。我盯着明亮的星星，心里愉快极了。我又讲了起来。一串串故事连在一起，又各自独立，所有的这些都需要说给星星。这样讲啊讲啊，一直讲到半夜。

第二个夜晚还是照旧，全家人都听着——我原来有这么多话要说给满天的星星。这种事儿令我上瘾。我做得毫不费劲，连一些从来不用的词儿也吐出来了，事后想一想连自己都觉得奇怪。

父亲和母亲有一天小声商量着什么。他们对我说：“你不要对别人说你有这个本领。”我说：“这不是什么本领啊！”父亲板起脸说：“这是本领。不过自己知道就可以了，不要告诉别人。”

我一直没有理解父亲的话。我真的不觉得这是什么“本领”。不过我从来没有对他人提起过这些夜晚的事。

一个个夏天过去了，我仍旧时不时地面对星星说个不停。大约是十六岁的这一年吧，也许是十七岁，反正是这一年夏天的某个夜晚，当我再次面对星星诉说时，突然打起了磕绊。我不得不停下来——每一个句子都要好好想一番才能说得出。我紧张地坐起来，不再吭声。

父亲问："你怎么了？"

我摇摇头："我……不能说了。我说不出了……"

父亲拍拍我，让我放松："不要焦急，先躺一会儿，歇一下，也许是累了。待一会儿再试，也许……"

我躺下看着星星。这样过了许久，还是说不出。我脑海里空空荡荡。

从那个夜晚之后，我再也没有了绵绵不断、一直诉说下去的能力。它就这样失去了。这是真的，这十分奇怪啊。

岛上人家

海里有一个小岛，只要天晴就能清清楚楚地看到它，一座座小屋、一棵棵树都看得见。站在海边长时间望着，想着岛上的事情，心都飞过去了。可是我们谁也没有到岛上去过。我总是幻想：如果将来有机会登上那座小岛该多好啊。我不知道是一些什么人住在那儿，他们和我们一样吗？

家里人也没有去过小岛，他们也讲不明白岛上的情形。外祖母说以前有个岛上的人来过这边，是来买苹果的："岛上除了鱼多，别的东西就不多了，所以他们常过来背回一些苹果。那边的孩子见了苹果就高兴，一人只分一个。"

我心里越发好奇了。我想如果有一天能到岛上去，一定会带上许多苹果。

就因为海边没有通往海岛的客轮，所以两边来往的人很少。岛上的人要来这边，只好驾打鱼的船过来，而且要等风平浪静才行。据说从海边到小岛的这片海水中藏了一条“海沟”——就是海中的大河，它流得太急了，没有最好的驾船技术，谁也过不了这条大河。

父亲听我不止一次说起小岛，就咕哝道：“我非去不可。这辈子不登一次小岛可不行。”他的话让我高兴极了，我知道他不会一个人去的。

谁也想不到机会说来就来。这个夏天放假的第一个星期，父亲说林场里让他跟一条大船往岛上送木头——同去的还有几个人。我高兴坏了，马上嚷着要去。父亲很为难，说这事还得跟领头的商量。妈妈看看我，问谁是领头的？父亲说：“红胡子。”我们都认识这个长了棕红色络腮胡子的人，觉得这事大概不难。

“红胡子”真的同意带上我。临行前我想起了外祖母的话，到园艺场买了一篮苹果。

装满了木头的船离了岸，直朝着那个小岛驶去。想不到大海深处这么蓝、这么好看。海鸥一路跟随我们嬉闹，看样子要一直护送到目的地。“红胡子”站在船头喝酒，一会儿又向海里撒尿。他高声大喊：“老天，瞧这家伙！”我们几个人听到喊声赶忙跑到船头，看到有几只燕子似的鸟儿从水中钻出，箭一样射到远方。“红胡子”指点着喊：“看到了吧，这是‘飞鱼’！”

我生来第一次看到“飞鱼”，有些激动。“红胡子”要灌我一口酒，父亲阻止了他。这条水路比看上去更长，那个小岛总也走不到。大船一直平稳地向前，海里没有一朵浪花。

大约花了一个多小时，船靠岸了。啊，全是一色的海草小屋，屋墙是黑色石头垒成的。一些人早就等在岸边，他们与“红胡子”打着招呼，要登船卸货。一条宽宽的木板搭到船舷，有人上来，有人下去。父亲把我小心地领下船，又返身回船干活。

因为卸船比较慢，到了半下午才把一切收拾好。岛上人把一些杂七杂八的东西装到船上，天已经有些晚。岛上人要我们过一夜再走，“红胡子”一点头，把我高兴坏了。

岛上人让我们分开住进几户人家里。我和父亲住在一位大婶家里，她男人出门打鱼去了，只和女儿在家。小姑娘比我小一岁，叫“香香”。我把一篮苹果给了她们，她们高兴得合不上嘴。大婶抓起一个苹果嗅一嗅，递给女儿说：“咱岛上一棵苹果树也没有。香香快谢大哥哥。”

晚饭吃了煎鱼和玉米饼。父亲吃得很多，我也一样。太好吃了。饭后又端上一大碗凉粉，原来是一种海草做成的。一会儿“红胡子”就过来串门了，喷着酒气说：“这么好的鱼，没有酒多可惜！”大婶看着我，说：“这孩子第一回来

们嬉闹，看样子要一直护送到目的地。

装满了木头的船离了岸，直朝着那个小岛驶去。想不到大海深处这么蓝、这么好看。海鸥一路跟随我们嬉闹，看样子要一直护送到目的地。

岛上，看那个高兴。反正放假了，就让他在家里住几天吧，孩子他爹三两天回来，去对岸时捎上就是！”

我激动得一颗心“噗噗”跳，只等着父亲开口。“红胡子”拍着父亲的肩膀说：“这还不是小菜一碟？”

我留在了岛上。这是做梦也想不到的美事。父亲临行前一遍遍叮嘱，又对主人家说了一堆感谢的话。

我远远看着运木头的大船开走了，就兴奋地跳了一下。香香拍着手说：“想不想去礁上？”我听不明白，但马上就点头了。

原来“礁上”就是海岛东部的一片石头堆，伸在海里，上面有一座高高的灯塔。香香说：“天一黑它就亮了，一闪一闪，告诉海里的船，这里是俺的岛。”我仰望白色的灯塔，无比神往。香香说：看灯塔的是一位老人，七十岁了，就住在下边的小屋中，他时不时登上十几层高的灯塔，为它擦玻璃、换电池。

我和香香绕着海岛转了一圈，花了大约一个小时。在海边的一堆石头那儿，香香顺手捉了两只大螃蟹。我也像她那样翻动石块，却看到了一个浑身是刺的黑东西，它慢慢地活动着。香香喊：“哟，海参呢，这东西可有营养了，我们这儿都说‘小孩吃了鼻子流血，大人吃了身上长蹄’……”

她的话让我糊涂：“‘长蹄’？像牲口那样长出一只蹄

子？”香香哈哈大笑：“不是，肯定不是。大概是说吃了有劲，像牲口一样能干活吧！”

我们将螃蟹和海参带回家。晚餐时我和香香每人吃了一只螃蟹。大婶吃了那只海参，说：“我不怕‘长蹄’，我吃。”

我在岛上住了三天。这三天比三十天还有意义。大婶每天夜里给我讲岛上海上的故事，这和对岸的故事完全不一样。香香白天领我到海边，一起采海螺和牡蛎。我们三天来采的所有海螺和牡蛎都养在缸里。

第四天打鱼的男人回来了。正好这一天他要去对岸，就将我捎上了。临走时大婶把我装苹果的篮子塞满了海螺和牡蛎。香香不说话，眼睛湿了。我也想哭，但哭不出来。我对香香说：“明年夏天我一定送苹果来。”她说：“嗯哪。”

从海岛回来以后，我就是见过世面的人了。同学们争先恐后向我打听岛上的事情，我很骄傲。

下大雨的时候多好啊，不停地下，屋檐的水像瓢泼一样。除了大雨的声音，什么响动都没有了。林场、园艺场、村子，所有人都躲在家里，站在窗前看大雨：远远近近都在水雾中，都在老天爷的大喷壶底下。这比喻是外祖母说出来的，真好。

大　水

下大雨的时候多好啊，不停地下，屋檐的水像瓢泼一样。除了大雨的声音，什么响动都没有了。林场、园艺场、村子，所有人都躲在家里，站在窗前看大雨：远远近近都在水雾中，都在老天爷的大喷壶底下。这比喻是外祖母说出来的，真好。

可是当大雨一连下了三天的时候，全家人都害怕了。这三天雨水急一阵缓一阵，最后是更猛的浇泼：“哗哗——哇哇——”像某种大动物的嚎叫声。“这雨什么时候才能停啊，老天爷，老天爷发脾气了。”外祖母盯着窗外的雨，小声咕哝着。从早晨开始，我们全家人一直站在窗前。

第四天雨停了，天还阴着。偶尔还有小雨落下。第五天、第六天都是这样，雨并没有走远。

因为我们家住在林场旁边，是地势较高的沙岭，所以开始并不知道大雨的后果。当我在雨停后踏过院子的积水，一直走出去时，立刻吓了一跳。

原来无边的原野成了一片大海，庄稼地不见了，大树泡在水里，远处的村庄像一条条船紧挨在一起。狗在遥远的地方叫着，有气无力。看不到鸟，看不到任何动物。它们肯定是逃走了。

我们一家被大水困了好几天。妈妈说我们家幸亏积存了一点玉米面和芋头、红薯，不然非饿肚子不可。就像和这场大雨较劲一样，外祖母在锅里堆满了好吃的东西：芋头、红薯和蔓菁，空隙里放了泥碗，里面有咸鱼；在杂七杂八的食物上方，还做了一个个玉米饼。灶里的火点旺了。今天烧的是大块的木柴，因为这一大锅东西需要好好蒸煮。

父亲一直在院外忙着。他将屋子南部筑起了一道草泥矮墙，并且在墙外掘了一条小渠，将逼近的水引到远处。原来就在我们暗暗庆幸大雨停息的这几天里，原野上的大水不仅没有一丝消退，反而变得更加盛大了，它们竟然涨了许多，父亲在一棵树上做的标记已经被淹没了。

妈妈和父亲一起干活，我也加入进来。妈妈说：“我们的小屋没有石头做的地基，大水泡上三天非垮不可。”她的声音里透露着害怕。父亲一声不吭，眉头紧缩。他用力挥动

就像和这场大雨较劲一样，外祖母在锅里堆满了好吃的东西：芋头、红薯和蔓菁，空隙里放了泥碗，里面有咸鱼；在杂七杂八的食物上方，还做了一个个玉米饼。灶里的火点旺了。今天烧的是大块的木柴，因为这一大锅东西需要好好蒸煮。

铁锨的样子告诉我们：绝不允许大水泡垮小屋。

我们干了半天，院子南部的水不再紧逼了。父亲拄着锨遥望远处说：“大概是上游的水库决堤了，河道满了，要不才不会这样。”妈妈也同意父亲的估计。

果然不出所料。几天后一些背枪的人、穿了蓑衣的人从村子和林场转过来，手打眼罩四处看了一会儿，又进了我们家。他们对父亲说：“快出工去吧，正加紧排水。南边水库决堤了……”我们这一带离海不远，照理说是不会被淹的。可是因为水来得太多太猛，原有的河道和水渠都不够用；更要命的是，一连许多年没有遇见过这样的大水了，河口和渠头都被沙子淤塞了。这些话都是妈妈和外祖母讲的。

她们不让我出门，说大水漫成这样，什么危险都会发生，在家里吧，在家吃大蔓菁。

大蔓菁平时吃不到，它像馒头那么大，圆圆的白白的，谁也想不到它就长在地里。它蒸熟了就像大馒头一样，一边还有微微烤煳的痕迹。咬一口大蔓菁，又香又甜。

吃过半个大蔓菁就饱了，最后还想出门。已经好几天不见同学了，他们一定像我一样困在屋里。不过我想“黑汉腿”这家伙不会那么老实，他的水性好，人也皮实，说不定早就跑出去了。

又过了几天，大水消退了一半，庄稼露出了秸秆。父亲说：这些作物泡过这么多天，全都不中用了。

太阳又变得热辣辣的了，各种鸟、各种走兽都出动了。野地里有了奇怪的鸟叫，外祖母侧耳听了听说：“这是大水鸟，只有发大水它们才出来。”有的叫声连她也没听过，就说：“那大约是新生出的什么，水一大，没见过的动物就会爬出来，就是这么怪。”

父亲每天和排水队干一整天的活，回家时会捎来几条大鱼。这是干活的收获，那些大鱼突然多起来，人们顺手就能逮住它们。家里有了鲜鱼的味道，这真是好极了。妈妈说：“吃上这样的大鱼容易吗？这是用满泊的好庄稼换来的啊！”是啊，不过大鱼真好吃。

水进一步消退，同学们纷纷出动了。他们来约我，妈妈没有办法只得放行，但反复强调不要下水。我保证不下水，可是大鱼的红翅在水里闪烁，像金子一样耀眼，不下水怎么忍得住？

我们在河汊里、水渠里捉鱼，大鱼小鱼全要，弄得浑身污泥。我们逮的鱼可真多，除了拿回家之外，还送给校长和老师。

校长和老师一个劲批评我们不该冒险下水，但始终笑得合不上嘴。他们欢天喜地地埋怨，让大家觉得受到了表扬，所以第二天干得更起劲了。我们照旧送给校长和老师大鱼。

在突然变得强大起来的“水力”中，只要是水生植物就高兴，比如那些水蓼长得旺盛极了，一眼望去全是粉红色的水蓼花。水鸟真多，连从未见过的金翅鸟也出现了。捉鱼的人多，田边、地头、小路，随处可见手提渔网的人。

那场大雨让整个海边换了一个世界，直到两年以后还能见到一处处水湾。村里老人说：这是因为天上的水和地底的水接起来了，两种水握了手，“水力”就大了。这使我们明白：万物都有“力”，这“力”有增有减、有强有弱。

在突然变得强大起来的“水力”中，只要是水生植物就高兴，比如那些水蓼长得旺盛极了，一眼望去全是粉红色的水蓼花。水鸟真多，连从未见过的金翅鸟也出现了。捉鱼的人多，田边、地头、小路，随处可见手提渔网的人。

一群群孩子趴在水湾里，他们从小戏水，已经和鱼差不多。村里人这样称呼他们：一群小水孩儿。

月　光

最不能忘的是月光。只要是海边的人就忘不了它，别的地方咱不敢说。因为海边地场开阔，一望无际，什么也掩不住挡不住，它可以随意铺开，照得天地一片黄灿灿亮堂堂。大月亮天里，谁还会待在家里。

一年四季都有好月光，什么月光派什么用场。比如冬天滴水成冰，大月亮天里我们会去南边村子里打架，在巷子里跑得浑身冒汗。那样的夜晚真棒，孩子们会组成不同的队伍，各有领头的，一个命令发出，战斗人员纷纷埋伏，有的钻进马车底下，有的趴在矮墙头上，有的钻进草垛里，还有的贴紧了牲口伏紧。对方做梦也想不到这边的兵力会这样部署，不等着挨揍才怪。

大雪一连半月不化，雪球就成为最好的武器。敌人一旦出现，雪球箭一样射去。大股敌人逃得没了影，只逮住几个散兵游勇，教训他们的办法就是把雪球硬塞进衣领。他们像烫着了一样，单腿蹦着跑开，一边跑一边骂人。

夏天的月亮天要去海边找看渔铺的老人，这些老人在月亮刚出来的时候就开始喝酒，撂下酒瓶就胡说。月亮地里听一些鬼怪故事最吓人，实在吓得受不了就钻到海里。我们在等海妖，她们常常趁着月光出海。

海边上所有的老人都是我们的朋友。他们讲故事给我们听，我们就偷西瓜给他们吃。他们越吃越馋，怂恿我们去园艺场偷樱桃和杏子、去田里偷青玉米和花生、红薯。东西偷来了，老人和我们分吃果实，然后动手煮东西，抓一大把盐撒进锅里。

我们每人喝一点酒，坐在铺前看海滩的热闹：像水一样的月光在远处草叶上浸了一层，许多小动物都出来了。那个像拳头大的东西是沙鼠；一挪一挪、半滚半爬的是大刺猬；有什么扑啦啦从高处下来，那是猫头鹰；有个黄黄的家伙悄没声地、一颠一颠地跑过来，越跑越快，那是狐狸……

秋天最爱去的地方当然是园艺场。各种果子都熟了，香味诱人的鼻子。看园人装模作样背了枪，其实里面没有子弹——这是老场长下的命令，因为看园人个个脾气坏，见了偷果子的人真的会开枪，所以只让他们背空枪。这些人狡猾无比，白天睡觉晚上守夜，披一件破大衣趴在树杈上，等鱼上钩。

我们对付看园人有很多办法。先伏在地上看清楚，明晃晃的月光下如果不见黑影，那么他们就是藏在树上了。这是最让人头疼的事。我们会分成两帮，有人故意在园子一边弄出些动静，把看园人从树上引下来，这边再动手。摘了一大包桃子和苹果，撒腿就往林场跑。我们总是在大橡树那儿汇合，痛痛快快享受一番。

春天满海滩的洋槐花都开了，它们白天让太阳晒了一天，夜晚就在月光下使劲播散香气。这香气把所有村庄都灌满，让全村的人不再安分。平时天一黑就要睡觉的老头子们失眠了，提着裤子出门，一边系着腰带一边盯着月亮咕哝。一群群孩子在街道上“嗵嗵”跑，老头子们吆喝起来，认为就是这群孩子惹得他们无法入睡。

槐花的香味大约要笼罩二十多天，其中有半个多月是最浓的。这样的日子当然是以玩为主，一到夜晚，村里人东一簇西一堆，迟迟不愿回家。我们在街上窜了一会儿觉得没意思，就会一口气窜出村子，跑进海滩，到一大团一大团的槐花跟前。

花开到了最盛的时候，一球球坠下来，树枝都快压折了。一些小飞虫也舍不得这么好的花期、这么好的月光，它们正忙碌个不停。

有一天晚上我们正在海滩上玩，因为玩得太久，肚子“咕咕”响，就揪着槐花吃起来。吃饱了肚子躺在热乎乎的

春天满海滩的洋槐花都开了，它们白天让太阳晒了一天，夜晚就在月光下使劲播散香气。这香气把所有村庄都灌满，让全村的人不再安分。平时天一黑就要睡觉的老头子们失眠了，提着裤子出门，一边系着腰带一边盯着月亮咕哝。一群群孩子在街道上“嗵嗵”跑，老头子们吆喝起来，认为就是这群孩子惹得他们无法入睡。

草地上，看着大飞蛾从眼前飘来飘去……这时听到了脚步声和说话声，循着树隙找人，看到一男一女两个人——男的背着手，女的不停地甩辫子。

原来是校长和我们班主任。

我们都有些害怕，虽然什么坏事也没做，心却“嗵嗵”跳。没有办法，在这种地方见到他们，好像犯了错误似的。我第一个从草地上跳起来，立正站好。

校长和班主任吓了一跳。他们踉跄了一步，看清是我，就说：“哦。”

我嗓子有些不对劲，吞吞吐吐地说：“我们，并不是总这样的……我们主要是在家里写作业……”

几个同学也站起来，不好意思地挠着头，不敢看校长和班主任。

校长背着手踱了两步，说：“适当地休息还是必要的。我们备课累了，这不也出来散步了吗？这月亮多好，槐花多美……”

他们扯了几句，让我们注意安全等话，就往回走了。

我们一直注视着他们的背影，直到再也看不见。大家重新欢快起来，胡乱揪几把槐花填到嘴里，在树隙里奔跑，大声喊着：

“这月亮多好，槐花多美……”

战蜂巢

在海边上生活，勇敢是最重要的。这里祖祖辈辈都崇尚勇敢，有讲不完的故事。最勇敢的人都生活在很久以前，听村里老人说，这一带出过徒手杀狼的人；还有人去河里游泳，被一条恶龙缠住了，他火气上来，一顿拳脚打死了恶龙。勇士们有名有姓，想不信都不行。

现在的人是胆小鬼，天黑了都不敢出门。好在海滩林子里没有了凶猛的野兽，也不再需要那么多勇士。我们现在时常想念那些大个头的凶猛野物，可惜它们全被老一辈的勇士杀光了。就凭这一点也可以断定，过去的那个时代里勇敢的人实在太多了。在学校，在许多场合，更不要说书上了，总是号召大家“勤劳勇敢”——“勤劳”好说，“勇敢”可就难办了。

我们一伙人在海边林子里游荡，总想“勇敢”起来。爬到很高的树上往下跳、赤着脚穿过荆棘丛生的灌木林，这些都干过。在伸手不见五指的黑夜，只要腰上别一把木头手枪，我们就敢到最密的林子里。海上拉鱼的头儿人人都怕，追打我们是常事，大家就鼓起劲儿对付他。我们设法把他的烟斗偷走并扔进海里，往他的酒瓶里放了两个辣椒；最后还狠狠心，把一只排球那么大的刺猬拴在了他的被窝里……

林子里最可怕的是遇到大个的蜂巢，它悬在枝头，上面爬满了大马蜂，看一眼都让人心跳。我们只要遇到蜂巢，一定会轻手轻脚地绕开走。可是近来一段时间我见了蜂巢手就发痒。有一天又见到这样的蜂巢了，大家吸一口气赶快躲开——我却偏偏凑近了看，看了一会儿对他们说：

“我要把它打下来。”

都说我吹牛。有的说：“那得穿上厚厚的棉衣，再把脸和手罩起来。”有的说：“你要用火烧？林子里是不准点火的。”我说：“我只用一根棍子就行。”

那时我什么都不想，只想两个字：“勇敢”。我找了一根又粗又长的棍子，在手里掂了掂，让大家到远一些的地方藏起来。大家吓得大气不喘，赶紧跑开了。刚跑开一会儿，又有人追在我身后喊：“喂，算了吧，马蜂会把人蜇死的——以前真有人被它们蜇死……”

我这时不由得站下来，头皮有些发紧。我想起了以前林场发生的事情：一位老工人不小心碰到了一个马蜂窝，结果活活被蜇昏了，送到医院都没有救活！可我怎么办？这会儿就扔了棍子？那可不成。我咬紧牙关，继续往前走。我说自己不光不怕，还要为那个老工人报仇呢。

追我的人逃开了，钻到了远处的灌木丛中。

我站在蜂巢下看了看，觉得那是一颗随时都会爆炸的“大地雷”。它黑黑的模样也像“地雷”。我又回头看看他们，发现所有人都在远处隐蔽了，其中的几个正好奇地伸出头往这边看呢。我不再迟疑，一只胳膊蒙住头脸，另一只胳膊狠狠挥棍，只几下就打掉了蜂巢。

遮天蔽日的马蜂扑向我。我夺路而逃，迅速倒在一片沙地上滚动，两手扑打，并寻机钻入一丛灌木下边……我不知被蜇了多少次，已经来不及疼痛，只是搏斗。我两耳灌满了马蜂的嗡嗡声。

不知过了多久我才敢睁眼去看：灌木上方只有零星的马蜂在飞。我钻出了灌木，喊着：“快出来吧，胆小鬼们！”

大家都从角落里爬出。他们迅速围上我。“哎呀，瞧这里、这里！”“脑瓜和脸都蜇了……痛吗？”我这才感到阵阵难忍的痒痛。可我没哼一声。我对他们说：“没什么！我要为那个老工人报仇！”

“哎呀，那会儿马蜂滚成球，你跑哪儿它们都紧紧跟上，我还以为这一下完了……”“你跑得真快，幸亏在沙子上滚，要不……”他们还在吃惊地议论。

我痛得难忍，只想快些回家。有人提议到门诊部看一下，我拒绝了。我说自己一点都不在乎。

回家后外祖母吓坏了。她没来得及问什么，就从一个旮旯里找出了药水给我涂抹。共有七处蜇伤，三处在脸上，两处在头发中，脖子和胳膊各一处。这药水凉凉的，但仍然无法抵挡火一样的伤痛。我说：“我最恨马蜂了。它有一年蜇死了一个林场老工人。可我不怕，我把它打下来了。”

外祖母叹气，一边抹药一边说：“马蜂过自己的日子，只要不招惹就不伤人。蜂巢是它的房子，花了多少辛苦的劳动才建起来的。你毁了它们的家……”

我低头忍住，一声不吭。

尽管我的脸肿得像南瓜，但疼痛已经减轻了许多。第二天上学校，老师和同学们一片惊讶，都问这是怎么回事？我只说不小心被马蜂蜇了。

我的脸一直肿了好几天。不过疼痛越来越轻了。这几天里只有一件事是让人高兴的，就是上体育课——打篮球时我变得空前厉害了，原因是当我运球时，那些过来阻拦的人一看我肿得变形的脸就忍不住笑，大概还有点害怕——反正他们全都走神了，谁也拦不住我。

事后有的同学告诉我：你自己都不知道，你一边拍球一边盯着我，那模样要多吓人有多吓人啊。

打铁的人

比起林场和园艺场，更不要说旁边的五七干校了，论好玩和有趣都比村子里差得多。比如经常在村里窜的焊洋铁壶的、修钟表的、磨剪子、戗菜刀的、打铁的……这些人从不到别的地方去。

他们是干什么营生的，一进村子都知道了：如果一阵嘶哑低沉的号角响起，那就是焊洋铁壶的来了；修钟表的人敲铜板，叮叮当当；磨刀剪的一进村就扯开嗓子大喊；只有打铁的没声没响住下，忙着垒灶生火。他们一来就不是一两天的事，所以也就不急着宣布了。

所有的营生都好看，有时甚至不差于看电影。这真是神秘的手艺，而且谁家都离不开。比如钟表坏了，不修能行吗？铁壶漏了，不让人焊能行吗？

钟表家家有，如果没有，除了老人谁也没法知道时间。老人看看日头就明白处于一天中的什么时候，晚上看星星也行；最神奇的是有时看一眼树，也大致能知道一点时间。外祖母在锅里做玉米饼，点上火后就看看门口的树，过一会儿再出门看几眼，说一声“熟了”，掀开锅盖总是香喷喷的。我对妈妈说过这种怪事，她说外祖母看的是树的影子。

钟表坏了就等于时间坏了，就得赶紧修理。每家都有一架钟表摆在柜子上，可是它坏了时，钟表匠就得把它打开。老天爷，那么多大大小小的齿轮，谁看了都得眼花！我们一伙最爱看的就是修钟表了，从头盯住每一个细节。我觉得全世界最大的科学都在钟表中，弄懂了它的运转，其他的再也难不倒人了。

钟表师傅将这里戳戳，那里拧拧，点一滴油，伸手拨弄几下——所有齿轮突然转动起来，一把小而又小的锤子就“咚咚”地敲起来——这是世上最动听的声音了，让人听了心醉。

焊洋铁壶和磨刀剪也是了不起的手艺。焊匠手持一把小小的烙铁，烧得彤红，然后在什么油膏上沾一下，又在一块发青的铁块上摩擦一小会儿，一个珍珠似的东西颤颤悠悠挂上烙铁，又飞快在铁片上一抹，铁片就被焊住了。至于戗刀，那得有多好的家伙啊，同样是铁做的，一块铁就能把另一块铁一层层削下来！“为什么菜刀是铁，就怕另一块铁呀？”这是我们总要发问的问题。戗刀师傅回答：“因为这是‘戗子’。”这等于什么都没说。可见凡是秘密，要打听出一点真难。

不过说来说去还是打铁最耐看。因为这是一伙人，住上几天不走，我们还能钻进他们的铺子里玩。究竟住上多少天，那要看村子里的活儿多不多。记得有一次这伙打铁的一口气住了二十多天，那是因为秋收快到了，每家每户都要锻一两把镢头和镰刀。

打铁的人的装束和常人不同，他们是一色的黑衣服或蓝衣服，干活热了脱下来，里面还有一件套头的衫子。平头，黑脸，红眼——这是火眼金睛，这种眼与别人不同，能看清煤火里的铁。这和烧红薯差不多，烧不熟就不软，就没法咬。咬铁的不是嘴巴，是锤子。

他们干活时扎一块黄布油裙，有时脚上也扎一块。彤红的铁块夹到砧子上，一锤下去火花四溅，一团团落到脚上，冒着白烟。这些人最少需要三人合伙才成：拉风箱的、抡大锤的、掌小锤的。谁的锤子小谁就是老大，人人都得听从老大。那个风箱是最大号的，我们试着拉过，拉不动。拉风箱那个人胳膊粗粗的，膀子上有棱子肉。他们个个力气忒大，不说话，只干活。

看他们吃饭最有意思：烧铁的灶也用来煮饭，上面放个小锅就成了。他们永远只吃同一种饭，就是“玉米鳖”。这种食物好像只有打铁人才吃。

“玉米鳖”的做法简单极了：和好一盆玉米面，等锅里的水开了，就往里投杏子大的面团，一边用勺子搅着，一会儿就熟了。他们蹲在地上吃饭，吃得可香了。

我们一直站在旁边看，看到吃“玉米鳖”就馋起来。那香味总往心里钻。后来我们终于能够尝一碗了——吃过这种食物之后，觉得全身都是力气，什么都不怕了。这使我们明白打铁的人为什么那么厉害，原来靠吃“玉米鳖”啊。

铁砧旁有一间草棚，是玉米秸搭的。地上铺了厚厚的麦草，又软又暖和。这让人一下想到了海边的渔铺，那也是好玩的地方。这两个地方的最大不同是，一个发腥，一个有着浓浓的煤火气。

草铺不大，躺下很挤。我们紧挨着他们，他们就咕哝：“小孩子身上三把火，烤得人不行哩。”我们逗他们讲故事，知道这些人走南闯北，故事一定多得不得了。可惜他们话不多，说不出什么。打铁人最大的毛病就是没有故事。

但他们会做“玉米鳖”，还能将最难对付的铁块变成器具。有人提来一根铁棍、一把生锈的门闩，让他们做成锄头或镰刀。他们拿在手里掂一掂说：“成”。有人提来一串废铁轮子，他们接过去一看说："这个不成，这是'生铁'。"原来铁也有"生""熟"之分，像苹果一样。我们问："烧一烧不就成了熟的？"他们不屑于回答，嘴里发出："嗤。"

将一根铁棍变成镰刀，整个过程真不简单。光做成镰刀的模样还不行，还要"加钢"——"钢"是更硬的一种铁，就放在一旁，烧红了截下一点，加到镰刀刃子那儿。这样镰刀才会锋利。

我们一连看了几天，有了一个大主意，各自从家里找了一些废铁提过去。等四周的人散去时，我们就对打铁的人说："给做一支枪吧。"拉风箱的看看老大："这活儿不能接吧？"老大停下手里的小锤，瞥瞥说："有什么不能接的！不过得先找来一截枪筒，没它可做不成。"

我们很想像民兵那样背一支枪，可惜这希望总也没有实现。

图书在版编目（CIP）数据

打铁的人：藏汉对照 / 张炜著 ； 多杰译． -- 西宁：青海人民出版社，2019.11
（我们小时候）
ISBN 978-7-225-05914-3

Ⅰ．①打… Ⅱ．①张… ②多… Ⅲ．①散文集－中国－当代－藏、汉 Ⅳ．①I267

中国版本图书馆 CIP 数据核字（2019）第 248998 号

我们小时候
打铁的人（藏汉对照）
张　炜　著
多　杰　译

出 版 人　樊原成
出版发行　青海人民出版社有限责任公司
西宁市五四西路 71 号　邮政编码：810023　电话：（0971）6143426（总编室）
发行热线　（0971）6143516 / 6137730
网　　址　http://www.qhrmcbs.com
印　　刷　陕西龙山海天艺术印务有限公司
经　　销　新华书店
开　　本　850mm × 1168 mm　1/32
印　　张　7
字　　数　100 千
版　　次　2020 年 3 月第 1 版　2020 年 3 月第 1 次印刷
书　　号　ISBN 978-7-225-05914-3
定　　价　35.00 元